어달리 블루스

홍구보 소설집
어달리 블루스

2025년 11월 30일 편집
2025년 12월 10일 발행

글_홍구보
펴낸곳_도서출판 청옥
　　　25752 강원도 동해시 평원로 40
　　　전화 033-522-5800
　　　mhprint@hanmail.net
ⓒ도서출판 청옥, 2025
ISBN : 978-89-92445-99-3 (03810)
· 저자와의 협의로 인지는 생략합니다.
· 잘못된 책은 바꾸어 드립니다.
· 이 책은 강원문화재단 강원예술인복지지원센터 장애예술인 창작활동지원으로 발간되었음.
· 이 도서의 정보는 뒤표지의 QR코드, 국립중앙도서관 출판도서목록 서지정보유통지원시스템 홈페이지(http://seoji.nl.go.kr)에서 이용하실 수 있습니다.

값 15,000원

어달리 블루스

홍구보 소설집

도서출판 청옥
ChungOk

차례

1 • 고사리　　7
2 • 달맞이꽃　　30
3 • 종묘사 앞 BMW　　54
4 • 칠순잔치　　77
5 • 어달리 블루스　　99
6 • 동짓달 스무닷새　　123
7 • 벌초　　148
8 • 〈희곡〉 희망이 말통이네　　172

1

고사리

　봄이 온 듯싶게 어제부터 따신 바람이 불었다. 아내가 새벽 일찍 고사리밭을 돌고 오더니 드디어, 아기 주먹 모양의 새순이 여기저기 보인다며 좋아했다. 아침상 차릴 생각도 안 하고, 목욕탕에서 작업복으로 갈아입고 휑하니 현관문 밖으로 나갔다. 고사리밭은 부모님이 정성으로 가꾸셨던 사과 과수원의 일부였는데, 5년 전에 나는 사과나무를 모두 베어 버렸다. 사람들이 더 이상 찾지 않는 품종인 '홍옥'과 '국광'이었고, 나무가 너무 커서 농약 치기 힘들어서였다. 과수원 사리의 만은 하우스 농사를 짓는 후배에게 임대하고, 나머지 밭에 대봉 감나무를 심었다. 또, 아내가 구해온 고사리 뿌리를 감나무 사이에 심었다.
　이 모두 편하게 농사지을 수 있는 작목인 줄 알았는데, 몇 년 지나고 보니 사실과 영 달랐다. 감나무 농사는 몇 년 전까지 농약을 치지 않았지만, 이젠 깍지벌레 농약을 몇 차례 치지 않으면 탱자만 한 파란 감이 바닥에 줄줄이 떨어져 버렸다. 고사리 새순 꺾기도 꼭두새벽부터 해가 중천에 뜰 때까지 봄철 내내 꼬박 밭에 엎드려 헤매야 했다. 일반 채소는 계절에 따라 모종을 심고, 풀 매고, 비료와 농약을 치고, 수확하는 수고를 했지만, 고사리는 봄 한 철 꺾기만 하면 되는 줄 알았다. 하지만, 매일 꼭두새벽 내내 허리 구부려 일일이 손가락으로 새순을 꺾는 게 장난이 아니었다. 혹여나 아내를 도울 일이 있을까 싶어, 나도 자리에서 일어났다.

현관문을 열고 마당으로 나가려다 순간 아찔하며 비틀거렸다. 사나흘 전부터 미열이 나며 기침과 콧물이 줄줄 흘러내렸다. '이놈의 고뿔은 언제 낫는 거야?' 혼잣소리를 하며 밭으로 나가는 대신, 싱크대와 냉장고를 오가며 국과 밥, 반찬 그릇을 식탁에 놓았다. '네 맛도 내 맛도 없는 아침밥'을 깨작깨작 먹다, 밥그릇에 김치와 볶은 멸치, 물을 붓고, 한 숟가락 담아 입에 넣고 우적우적 씹다가 포기했다. 입안을 숭늉으로 헹구며 밭으로 나갔더니, 아내는 앉은뱅이 방석에 앉아 고사리를 꺾고 있었다.

"뭐야? 왜 앉아 꺾어?"

"하이코, 그새 좀 움쩍거렸더니 허리가 아프고, 무릎 관절이 쑤셔서 그래."

"약국에 감기약 사러 가는데, 관절약과 파스도 사 올까?"

"그러면 좋지."

"거, 밥이나 먹고 나서 옴짝거려!"

"알았어요. 내, 쬐끔만 더 꺾고!"

나는 허리와 무릎이 아프다는 아내를 돕지 않고, 방으로 되돌아 와 외출복으로 갈아입었다. 아내에게 미안한 감이 들었지만 '약 사러 가잖아!'라고 머리를 흔들며 차 시동을 걸었다. 장터를 지나, 다리를 건너고, 항구 입구를 지나, '역전앞'의 골목 입구에 있는 약국 앞에 차를 세웠다. 역전앞이란 말에서 '역전'의 '전'이 '앞'이란 말이지만 굳이 넣은 이유는 수십 년째 쓰던 말이라 어쩔 수 없었다. 친구가 운영하는 이 약국은 60여 년 넘게 아플 때마다 찾았다. 시내에 있는 병원에 갔다가 바로 옆에 약국이 있어도 가지 않고, 이곳으로 와서 처방전을 내밀었다. 자가용이 없던 시절부터 자전거나 버스, 택시를 타고 찾았다.

이때마다 약사 친구는 반가이 맞아주었고, 세상살이 이야기를 한참 주고받다 약봉지를 들고 돌아왔다. 그는 중·고등학교 동창이었고, 공부 잘해 서울에 있는 대학을 졸업하고 곧장 고향으로 내려와 약국을 개업했다. 개업 당시의 풋풋했던 모습은 전부 사라지고, 이마가 만주 벌판처럼 넓어졌고, 몇 올 남지 않은 머리카락에 온통 서리가 내려앉아 있었다. 그러나 재빠른 약 조재는 예전과 다름없었다. 약국 문을 열자, 허리가 꼬부라진 할머니가 약사에게 아픈 증세를 말하고 있었다. 나는 그 뒤에 줄 서는 대신 출입문 옆의 의자에 앉았다. 약사는 나에게 눈길을 한 번 주더니, 할머니의 장황한 증세 설명에 몇 번 실쭉 웃고는 약장에서 약 두 통을 꺼내 할머니에게 내밀었다.

"식사 후에 빨강 약 한 알, 파란 약 한 알 해서 두 알씩 잡숴요."

"두 알씩 같이 먹소, 아니면 따로따로 한 알씩 먹소?"
 "두 알을 한꺼번에 먹으면 돼요."
 할머니는 알겠다는 듯이 고개를 주억거리며 지갑을 찾았다. 손가방 안의 지갑에서 꼬깃꼬깃 접힌 만 원짜리를 꺼내 약사에게 내밀고 돌아섰다. 나는 의자에서 벌떡 일어나 약사 앞으로 다가가 감기 증세를 막 말하려는데, 출입문까지 갔던 할머니가 돌아서며 소리쳤다.
 "약사 양반, 내 약 어디 갔소?"
 "손가방에 없어요? 잘 찾아봐요."
 약사가 많이 겪어봤다는 듯이 말하자, 할머니는 손가방 속을 들여다보다, 손을 집어넣어 휘저었다. 그러나 약봉지가 손에 잡히지 않자, 고개를 갸웃거리며 손가방을 거꾸로 들고 흔들었다. 지갑이 바닥에 툭 떨어졌지만, 약봉지는 나오지 않았다. 약사와 나는 금방 산 약이 어디 갔겠냐 싶어 대수롭지 않게 여겼지만, 할머니는 점점 더 심각하게 가방을 '열었다, 닫았다'를 반복했다. 내가 앉았던 의자로 가 앉으려던 할머니는 갑자기 맥이 풀린 듯 주저앉으며 깊은 탄식을 내뱉었다.
 "하이코, 세상에! 이런 일이 다 있나? 늙으면 다 죽어야 해."
 할머니는 바지 주머니에서 약봉지를 꺼내 흔들며 그저 힘없이 중얼거렸다. 약사가 "그것 봐요! 거기 있지!" 하자, 두 손을 저으면서 밖으로 나갔다. 나는 다른 노인네가 오면 또 시간을 잡아먹을까, 재빨리 약사에게 감기 증세를 말했다. 약사는 조금 전 할머니에게 했던 것처럼 약장에서 약 두 통을 꺼내 내 앞에 놓았다. 나는 약을 보자 "아차!" 하며 잊었다는 듯이 아내가 쓸 관절약과 파스도 달라고 했다. 약사는 내 감기약, 아내의 관절약과 파스 여러 장을 비닐봉지에 넣어 주며 턱짓으로 의자에 앉으라 했다.

"저 할머니, 치매 증세가 있네!"

"정신이 왔다 갔다 해. 참! 누군지 몰라? 고등학교 동창인 김영희 올케잖아. 남편은 죽고, 자식들 모두 객지로 떠나 살고, 예전 집에서 혼자 살아. 평소에 멀쩡하다 가끔, 저렇게 정신이 오락가락해."

"뭐라? 영희 올케라고?"

"그래, 공부도 잘하고 참했던 영희지. 자넨 2학년 때 전학을 왔는데, 기억해?"

"그럼, 영희 집은 포도 과수원을 했고, 우린 사과 과수원 했잖아. 게다가 영희 뒷자리에 내 자리가 있었어. 공고에서 인문고로 전학을 왔는데, 과목이 달라서인지 공부에 흥미를 잃고, 노상 책상에 엎드려 잠이나 잤던 나를 많이 챙겨줬지."

"허, 챙겨 줘? 뭘?"

"내가 책을 보게끔 유도 해줬어."

"그래?"

긴 세월이 지났지만 내 인생에 큰 도움을 주었던 영희를 어찌 잊겠는가. 나만이 아는 비밀을 무심결에 널어놓나가 '아차!' 하며 입을 다물었다. 다행히 약사가 내 속마음을 눈치채지 못하고 밀차를 끌고 가는 영희 올케의 뒷모습을 바라보았다. 나도 무심히 뒷모습을 보았는데 순간, 뒤따라가 영희 소식을 물어보고 싶었지만 참았다.

"참, 어저께 서울 사는 중학교 동창인 김창수, 그 친구가 약국에 들렸던데?"
"뭐? 창수? 그 작자가 여긴 왜?"
"아버지 기일을 맞아 산소에 갔다가 나한테 들렸던데!"
"하이코야, 그 작자가 죽을 때 되니, 착한 척 효자 노릇 다 하네!"
"늙어지니 자꾸 고향 생각이 난다고 했어. 참, 자네 안부를 제일 먼저 묻던데?"
"뭐? 별일이야. 난 그 친구가 꿈에라도 나타날까 겁난다."
"그때가 언제 적 일인데, 아직도 그래?"
"말도 마라. 그놈 아버지가 했던 정육점 자리를 지나칠 때마다 고개부터 돌린다. 게다가 TV에서 학교 폭력에 관련된 뉴스만 나와도 그놈에게 얻어맞고 수모를 당했던 생각이 나서 온종일 열받는다."
"그럴 정도야?"
"오죽했으면 그럴까? 팔십 나이가 내일 모레지만, 그놈을 만나면 내가 만든 나무뿌리 지팡이로 등짝을 힘껏 내리치고 싶다니까!"
"하이코야, 그래도 창수에게 당한 친구 중에 자네가 덜한 편인 줄 알았는데?"
"그건 왜?"

"자넨 2학년 때 공고에서 우리 학교로 전학을 와서 창수와 헤어졌고, 공무원 시험까지 붙어 고향에 쭉 살았잖아?"

"그놈한테 당했던 게 오죽했으면 전학까지 했겠냐?"

"그런데, 장터 쪽 친구 여러 명이 창수 하나 이기지 못한 게 이해가 안 된다."

"그 시절에는 다들 꽁보리밥이나 칼국수로 끼니를 에우는 판에, 그놈 집은 장터에서 정육점과 식당을 한 덕에 노상 고깃국을 먹고, 감나무에 메 단 샌드백을 손발로 수시로 두들겨 댔으니 힘이며 싸움을 당할 자가 없었지."

당시, 학교 가는 길은 멀고 험했다. 버스는 신작로로 한 시간에 한 대가 다녔고, 장 보러 가는 보따리 장사꾼들이 자리를 다 차지했다. 기차역은 학교와 반대쪽 길로 30여 분이나 걸어가야 있었다. 천상, 장터 남쪽 마을에 사는 우리는 포장 안 된 신작로로 가방을 들고 걸어갈 수밖에 없었다. 집을 나와 자갈밭인 신작로로 한참 걷다 보면 기차 '굴다리'가 있었다. 이어 '문고개', '탄막재'를 지나 '우질재'에 오르면 동쪽으로 바다가 멀리 보이고, 마지막 재인 '고사리재'가 나무숲에 숨어있었다. 저 재만 넘으면 학교까지 가기가 쉬웠지만, 온몸에 힘이 빠져 책가방을 그냥 바닥에 팽개치고 싶을 정도였다. 아니면 등교를 아예 포기하고 풀밭에 드러누워 잠자다, 하교하는 친구 뒤따라 집으로 가고 싶었다.

그러나 사실, 먼 길과 '재'보다 '고사리재'에서 김창수에게 당할 수모가 더 겁이 났다. 그렇다고 사시사철 내내 겁나고 힘들었던 것만은 아니었다. 고사리 새순이 재 곳곳에 솟아오르는 봄철에는 달랐다. 읍내의 아낙네와 처녀들이 지천으로 솟아나는 고사리순을 꺾으러 왔기 때문이다. 그녀들은 재에 오르면 앞치마를 허리에 걸치고 다 같이 소리쳤다.

"자, 오늘도 산에서 나는 소고기를 실컷 먹어 보자구!"

산 곳곳으로 흩어져 고사리 새순 밑을 "똑, 똑!" 소리 내며 꺾기 시작했다. 또, 시도 때도 없이 곳곳에서 "까르르!" 웃어댔다. 우리도 그 웃음소리를 들으면 괜히 신이 나서 창수의 눈치도 보지 않고 킥킥 웃었다. 또, 재 밑에서 '목탄차'를 만나면 윷놀이 때 연달아 모가 나올 때처럼 신이 났다. 벌채한 나무를 실으려고 산으로 올라온 목탄차는 철판으로 만든 화구에 참나무를 넣고 태워, 쇠통에 든 물을 끓였고, 이때 나오는 증기 힘으로 산을 오르내렸지만, 힘이 없어 느리게 운행했다. 또, 뒷바퀴 위에 뒤로 밀리지 않게 받쳐주는 받침대가 있었다. 우리는 목탄차가 고갯길을 오를 때 받침대 위로 잽싸게 올라탔다. 그러나 몸집이 크고 살이 찐 김창수는 늘 목탄차를 못 탔다. 그는 목탄차에 올라탄 우리를 향해 악에 받쳐 소리 질렀다.

"너희들, 차 탄 대가로 내일 학교 올 때 신탄진 담배 한 갑씩 사와. 알았지?"

"쳇, 이 목탄차가 자기네 차야?"

"그러게, 말이야. 지도 뛰어서 타면 되지."

"돼지같이 살찐 놈이 어떻게 뛰어? 우리 같이 빼빼 말랐으니 올라타지."

"밥 못 먹어 죽이나 먹는 우리가 무슨 돈으로 담배 사냐?"

"얻어터지지 않으려면 돈 모아 한 갑이라도 사야 하는 것 아니야?"

"돈 어디 있어? 그냥 맞지 뭐."

나는 약사에게 고사리순 따려고 고사리재에 올라온 처녀들과 목탄차 이야기를 신나게 떠들다, 김창수의 악행을 열거했다. 힘이 세다는 이유로 스스로 대장이 되어 친구끼리 싸움을 시키고, 막걸리 많이 마시기, 소나무 가지 오래 매달리기 등 온갖 악행을 이야기했다. 약사는 내 말을 건성으로 듣다, 목탄차에 올라탄 친구에게 담배를 사 오라 소리쳤던 다음이 궁금해 "설마?" 하며 되물었다.

"그래서, 다음날 몇 명이나 담배를 사 왔어?"

"미쳤어? 그걸 어떻게 사?"

"그래서 맞았구나. 그런데 철없고 가난했던 시절에 겪었던 수모를 이해한다마는 이젠 잊어버려야지 우짜겠노?"

"이해한다고? 잊어버리라고?"

"그래, 그 시절이 언제 적이냐? 10년 세월이 6번이나 흘렀는데."

"자넨, 그 수모를 당하지 않았다고 그리 막말하지 말게."

"내 말은 세월이 많이 흘렀다는 거지."

"자네는 내 편이야? 그놈 편이야?"

"이 나이에 니 편, 내 편이 어디 있나? 다 철없던 시절의 추억이지."

"그래, 한이 맺히지 않았으면 추억일 수 있지. 또, 나 같은 경우는 도저히 그놈의 학폭에 견딜 수 없어, 2학년 때 여기 학교로 전학을 왔지만, 공고에서 졸업했던 친구들은 그놈 때문에 고향 땅을 평생 밟지 않은 친구가 여럿이야."

"그래? 몰랐네. 자네는 공무원 생활하며 결혼해, 부모님 모시며 과수원 농사지으며 오순도순 살아왔잖아."

"그래, 그건 다 인정하는데, 그놈 말만 나오면 속이 다 뒤집히는데, 어쩌라고?"

"아, 미안. 괜히 창수 이야기 꺼냈네."

나는 삐쳤다는 듯이 약사의 얼굴을 노려보며 한마디 덧붙였다.

"만약에 여기 학교로 전학 안 오고 공고에서 그냥 졸업했다면, 나도 고향을 떠나 평생 고향 땅 안 밟았을 거야. 그리됐으면 이 약국 단골도 안 됐겠지?"

"설마?"

"또, 그놈 때문에 나는 할아버지께 평생 마음 한구석, 죄짓고 살아왔다."

"뭐라? 그런 사연이?"

"내가 공고로 진학한 이유 중의 하나가 고사리재에 묻혀있는 할아버지께 문안 인사 올리는 거였는데, 그놈 때문에 제대로 못했다는 게 제일 마음에 걸렸다."

"할아버지 산소가 거기 있어?"

"고사리재 일대에 묻혔지만, 어디 묻혔는지 몰라."

나는 약사의 질문에 답하지 않고 싸운 놈처럼 입을 다물고 창밖을 내다보았다.

'역전앞'의 도로는 예전과 다르게 회전교차로가 생겼고, 광장도 더 넓어져 있었다. 한참 바라보자, 예전의 좁고 구불구불한 골목과 각종 대폿집과 식당이 떠올랐다. 60년대 만 해도 전국적으로 명성을 얻었던 해수욕장 덕분에 피서철이 되면 역전과 골목에 기차를 타고 온 해수욕객들로 꽉 차 있었다. 70년대 중반 항만 개발이 시작될 때도 골목에 있는 대폿집과 색싯집에서 노래와 젓가락 장단 소리가 밤늦도록 들렸다. 그러나 항만 공사가 완공되어 부두에 외항선이 입항하고, 공장의 근로자들이 3교대로 근무를 시작하자, 역전앞과 골목 상가에는 점점 인적이 드문 마을로 변해갔다. 이웃에 신도시가 개발되어, 상당수의 주민이 떠났기 때문이었다.

　다행히 몇 년 전부터 서울까지 빠르게 오가는 KTX가 개통되어 역 도착과 출발 때에는 역전앞 일대에 젊은 사람들이 제법 오갔다. 그러나 그 외 시간에는 나이 든 노인네들만 골목길에 가끔 다닐 뿐이었다. 나는 화가 풀렸다는 듯이 약사에게 물었다.

　"저기 요양보호센터에는 온종일 저렇게 조용한 거야?"

　"그럼, 오전 10시쯤 요양사들이 차로 노인네들을 태워 와서 센터 앞에 내려주고, 오후 4시에 집에 데려주기 위해 차에 태울 때만 사람 구경하고, 그 외 시간에는 절간처럼 조용해."

　"극장이 있던 시절에는 밤낮으로 시끄러웠는데 말이야."

　"극장이 있던 때가 우리 마을 전성기였잖아. 널따란 해수욕장과 솔밭에다 비행장까지 있었고, 역전앞 일대의 클럽에서 들리는 밴드 소리, 한 집 건너마다 있는 선술집에서 들리는 젓가락 장단 소리가 골목마다 울려 퍼졌지."

요양보호센터로 변해버린 자리는 예전에 극장이었다. 당시, 극장에서는 영화뿐만 아니라 결혼식, 국경일 행사, 웅변대회, 학교 졸업식까지 열렸다. 마침, 봉고차 한 대가 도착해 요양사가 차 문을 열었다. 나는 구경거리가 생겼다는 듯이, 약국 문을 열고 요양센터 앞으로 갔다. 요양사가 차 안에 있는 할머니 손을 일일이 잡아 내려주고 있었다. 맨 나중에는 뒷문을 열고 휠체어를 타고 있는 할아버지 한 분을 내려주었다. 할아버지는 요양사에게 고맙다며 고개를 숙였다. 그 모습을 보자, 1년 반을 방안에서 자리보전하다 돌아가신 아버지가 불쑥 생각이 났다. 이어, 평소 무뚝뚝한 성격에 말도 잘 안 하셨던 분이었는데, 내 중학교 졸업식 날에 참석해 같이 짜장면과 탕수육까지 먹었던 그날이 떠올랐다.

졸업식이 끝나 친구들과 밖으로 나가는데, 출구 앞에서 아버지가 내 이름을 부르며 따라오라고 손짓했다. 나는 놀라 종종걸음으로 따라갔는데, 아버지는 역전앞의 중국집으로 들어갔다.

"여기, 고량주 한 병 먼저 주고 탕수육 하나, 짜장면 두 개 주시오."

아버지는 특유의 무뚝뚝한 말투로 주문했다. 나는 의자에 앉아 모든 게 신기하다는 듯이 중국집 내부와 아버지를 힐끔거리며 둘러보았다. 졸업식에 참석하리라고는 상상도 못 했던 아버지가 내 앞에 앉아 있다는 게 신기했다. 나는 깜박 잊었다는 듯이 '3년 개근상장'과 '졸업장'을 아버지 앞에 내밀었다. 그러나 아버지는 둘둘 말린 상장과 졸업장은 보지 않고 앙증맞게 생긴 조그만 잔에 고량주를 따르더니, 목 안으로 털어 넣었다. 술이 독했는지 인상을 쓰더니, 단무지를 집어 우적우적 씹었다. 독한 술 냄새와 단무지에서 나는 묘한 냄새가 났지만, 아버지는 고량주 한 병을 금세 다 마셨다.

"고등학교는 이웃 읍에 있는 공고로 진학하거라."

아버지는 벌게진 눈으로 나를 노려보듯이 하다, 난데없이 이 말을 하고 또다시 고량주 한 병을 더 시켰다.

"아니, 집 가까이 있는 여기 고등학교를 놔두고, 이십 리나 떨어진 그 학교로 왜 가요?"

"이젠 시대가 변했다. 기술이 최고인 세상이 됐다."

"저도 그 정도는 알아요. 인문고 나와서 공과대학에 진학해 고급 기술을 배우면 되잖아요."

"이놈아, 이 아비가 그걸 몰라 하는 소리냐? 그리고 네놈 실력으로 대학에 대번에 철컥 붙는다는 보장이 어디 있냐?"

"중학교 때와 달리 고등학교에 가서 코피 나게 공부할게요."

"여태껏 우등상장 한 번 못 받고, 겨우 개근상이나 받아오는 놈이 흰소리는?"

"그리고 사실, 그 학교로 가려면 마이크로버스가 한 시간에 겨우 한 대 다니고, 기차를 타려면 역까지 걸어서 30분이나 걸리잖아요. 천상 신작로로 걸어 다녀야 하는데 사실, 이게 사신 싫어요, 아버지!"

"뭐라? 이놈아, 가방 하나 달랑 들고 다니는 게 뭐가 힘들다는 거냐? 할아버지와 나는 지게에 문어단지 12개를 얹고 새끼줄로 단단히 조여 '범재', '내리재', '고사릿재'를 넘어 장터로 팔러 다녔다, 이놈아!"

"그 시절에는 모든 사람이 걸어 다닐 때였고 또, 돈 버는 재미로 힘든 줄 모르셨겠지요."

"뭐? 돈 버는 재미? 이놈아, 세상살이 중 제일 힘든 게 돈 버는 거란 걸 모르느냐?"

"왜 몰라요? 나도 알 건 다 안다고요."

아버지는 내가 대차게 나오자, 무응답으로 일관하다 고량주를 또다시 입안으로 털어 넣었다. 마침, 식당 주인이 짜장면 두 그릇을 갖고 와서 아버지와 내 앞에 놓았다. 처음 맡아보는 구수한 냄새에 나도 모르게 젓가락을 집었다. 저녁 끼니마다 먹는 칼국수와 달리 굵은 면발 위에 검은 양념이 덮여 있었다. 나는 젓가락으로 양념을 그릇 가장자리로 밀어내고, 동그란 면발을 한 올 집어 먹었다.

"이놈아, 검은 양념을 면발에 비벼 먹지, 왜 안 먹고 밀어내고 그래? 거기에 너가 좋아하는 돼지고기에다 양파가 들어 있는데."

"색깔이 검어서, 상한 줄 알고 그랬죠, 뭐!"

"아이쿠, 이런 촌놈 좀 봐라. 음식을 색깔로 먹나? 맛으로 먹지!"

"이날 이때까지 부자 친구들이 먹어봤다는 짜장면을 처음 먹어보니 그랬죠. 이게 내 탓이에요? 부모님 탓이지."

"이놈이 사줘도 불만이야? 음식을 턱 보면 알아채야지, 가르쳐 줘야 하나? 짜장면도 제대로 못 먹는 무식한 놈이 뭐, 대학에 간다고?"

"무식한 촌놈이니, 서울에서 대학 다니며 세련되고 유식한 사람이 되어보고 싶다고요."

"하이코, 됐다."

아버지는 내 말을 자르고 고량주를 연달아 석 잔을 입안에 털어 넣고 한숨 쉬듯이 말했다.

"그놈의 6·25 전쟁이 우리 집안을 망쳤다."

"우리 집뿐만 아니라 나라 전체가 전쟁으로 박살이 났잖아요."

"이놈의 자식이? 아비 말이 끝나기도 전에 초치다니?"

아버지는 고량주 병을 당겨 잔에 따랐지만, 술이 나오지 않자, 젓가락으로 탕수육 한 점을 집어 입에 넣고 취한 눈으로 나를 바라보았다.

"장터 한옥 이야기는 얼마나 알고 있냐?"

아버지는 고량주에 취해 할아버지 살아생전, 우리 집이 부자가 되었다가 가난뱅이로 전락했던 사연을 들려주었다. 내가 태어난 곳이자 지금까지 살고 있는 집은 장터에서 5리쯤 떨어진 농촌이었다. 집은 경사진 언덕 중턱에 있었고, 앞뒤로 넓은 밭이었다. 밭을 허리 깊이로 파면, 하얀 찰흙이 나왔다.

"마을 전체 땅 밑에 온통 찰흙이 있어도, 누구 하나도 이 흙으로 항아리를 빚어 가마에 굽고, 장에 파는 일을 하지 않았다. 그런데, 아버님이 이 일에 발 벗고 나섰다."

"왜요? 농사짓는 게 더 편하지 않았어요?"

"물론 편했지만, 아버님은 두 가지 이유로 이 일에 뛰어들었다."
"그게 뭔데요?"
"고만고만하게 사는 우리 집안을 일으키고 싶었던 게지. 또 하나는 마을 앞산에 선산이 있어 땔감을 구할 수 있었기 때문이다."

할아버지는 오일장마다 남녀노소 할 것 없이 비싸도 꼭 사가는 게 항아리라는 걸 감지하셨다. 농사짓는 집마다 곳간에다 쌀, 보리, 좁쌀, 콩 등의 곡물을 넣은 독을 보관하고, 햇살이 잘 비치는 곳에 있는 장독대에 된장, 막장, 고추장, 간장을 담은 항아리가 있었다. 또, 술 빚는 술 단지, 김치와 깍두기를 담은 단지가 있었다. 콩도 시루에 담아 밤낮으로 물을 부어 콩나물을 키웠다. 할아버지는 몇 날 며칠을 고민하다 항아리를 많이 만드는 경상도 '영덕' 마을로 찾아갔다. 낯선 그곳에서 3년간 항아리 빚는 기술을 배워 오셨지만, 혼자 옹기가마를 만들 수 없었다. 시간을 두고 일가친척과 마을의 장정들을 독려하여 집 앞에 터를 닦고 가마를 쌓았다.

가마가 완성되자, 할아버지와 아버지는 선산으로 오가며 땔감을 마련하였다. 이어 굴 파듯이 밭 밑의 찰흙을 파냈다. 그러나 항아리를 빚고, 굽는 일에 수십 번 실패의 쓴맛을 봐야 했다. 결국 반년 만에 완성품을 만들어, 지게에 지고 오일장터로 가 팔기 시작했다. 점차 '옹기점' 마을로 입소문이 나자, 장날까지 기다리지 못한 손님들이 우리 집으로 찾아 와 남자는 지게로, 아낙네는 머리에 옹기를 이고 돌아갔다. 또, 할아버지와 아버지는 옆 마을인 삼척장에도 옹기를 팔러 갔다. 지게에 얹은 항아리끼리 부딪혀 깨지지 않게 새끼줄로 단단하게 묶은 후 재를 넘었다. 토끼길처럼 좁고 가파른 '범재', '내릿재', '마달재', '고사릿재'를 넘어 삼척향교 뒷길을 지나 장터로 갔다.

당시 삼척장에는 사람과 돈이 다른 곳보다 많았다. 정라진항 앞바다에 오징어, 꽁치, 고등어 등의 고기가 엄청나게 잡혔고, 먼바다에서 정어리를 만선으로 잡은 배들이 연신 들어왔다. 일본인 기업가는 부둣가에 '유지공장'을 세워 정어리로 기름을 짰다. 이런 와중에 어느날, 유지공장에 근무하는 일본인이 할아버지를 찾아와서 '문어단지'를 사겠다고 했다.

"입구가 좁고 중간이 긴 단지가 필요한데 만들 수 있소?"
"만들 수야 있죠. 그런데 그 이상한 단지로 어디에 쓰게요?"
"문어 잡는 데 쓰려고요. 가져오는 대로 모두 구매하겠소."
"문어 장사를 하세요?"
"아, 우리는 문어 내장으로 기름을 짜려고 합니다."
"정어리가 기름이 더 많은데?"
"정어리가 점점 덜 잡혀서, 문어 내장으로 기름을 짜려고요."

유지공장 직원은 우연히 장터로 왔다가, 다양한 항아리 종류를 보고 문어단지를 주문했던 터였다. 할아버지는 속으로 쾌재를 불렀고, 밤낮으로 문어단지를 만들어, 삼척장에 지게로 날랐다. 할아버지는 문어단지로 인해 큰돈을 벌자, 장터 옆의 밭을 사서 한옥을 짓기로 했다. 아버지도 할아버지 뜻을 받들어 목재 구매와 목수 찾는 일에 앞장섰다. 수소문 끝에 이웃 마을에 사는 목상을 만나 그에게 나무 구매를 맡겼다. 한옥 기둥과 서까래용 나무, 벽

체용 대나무, 마루용 판자를 사는 족족 장터 옆의 양지바른 땅에서 건조하였다. 아버지는 또, 한옥을 수십 채 지었다는 목수를 만나, 설계와 인부를 부탁했다.

드디어 장터에서 보기 드문 번듯한 한옥이 하루가 다르게 제 모습을 갖추자, 마을 사람 모두 부러워했다. 우리 식구도 이사할 날만 기다리고 있는데, 마른하늘에 날벼락처럼 '육이오'가 나버렸다. 다들 남쪽으로 피난 가기에 바빴으나, 우리 가족은 새 한옥 때문에 피난을 갈 수 없었다. 더구나 '지역인민위원회'가 다 지어진 한옥을 자기들 집인 양 점거해 사무실로 쓰고, 항의하는 할아버지를 악덕 지주로 구속하고 말았다.

"아니, 아무리 전쟁 중이지만 인민을 위한다는 공산당이 남의 새집을 가로채요?"

"우리 집에서 일했던 장필수란 작자가 인민위원회 청년단장이 되었는데, 그놈이 할아버지를 일러바쳤어."

"그 작자가 왜요?"

"그 장필수는 힘이 좋았지만 일은 칠칠찮게 했어. 어느 날, 비가 살짝 내려 다들 조심스럽게 고사리재를 넘는데, 장가 놈이 내리바탕길에 그만 미끄러져 문어단지 12개를 깨 먹고 말았어. 할아버지는 화가 나서 단짓값을 배상시키는 과정에서 장가 놈이 대들고, 그 후 일을 맡기지 않아 앙심을 품었던 거지. 전쟁이 나자 제일 먼저 인민위원회에 가담했고, 완장 차고 동네를 휘젓고 다니다 할아버지를 제일 먼저 구속했어."

"그럼, 할아버님이 계속 구속 상태로 계신 거예요?"

"안타깝게도 그리 되셨다. 인민군이 후퇴하면서 가두었던 사람들을 고사리재로 끌고 가, 그대로 총살하고 말았다."

"집안을 일으키려 했던 할아버지가 그만 옹기 때문에 전쟁의 희생자가 되고 말았네요."

"그래. 그놈의 전쟁만 아니었다면 대궐 같은 집에서 살며, 돈 걱정 없이 너도 4년제 대학에 편히 다녔을 터인데 말이다."

"전쟁 후 새집은 어떻게 됐어요?"

"사실 할아버지가 집 마무리하는 과정에 돈이 궁해 사채업자에게 돈을 빌렸다. 전쟁 끝난 후, 사채업자가 문서를 갖고 와 돈 갚으라고 강짜 부리니, 나로서 버티다 못해 그만 새집의 땅문서를 그놈들에게 넘기고 말았다."

약국을 나와 집으로 향했다. 역전에는 배낭 멘 등산복 차림의 젊은이들이 줄 서서 역대합실로 들어가고 있었다. 내가 저 나이 때는 꼬박 7시간이 걸려야 청량리역에 도착했지만 이젠 두 시간이면 되었다. 나는 곧장 집으로 가려던 생각을 바꾸고, 새로 조성된 길로 우회전했다. 길은 넓고 똑바로 났지만, 집은 하나같이 예전보다 더 낡아 있었다. 허물어진 담과 깨어진 슬레이트 지붕이 그대로 있고, 마당에는 풀이 자라고, 대문 옆에는 쓰레기가 쌓여 있었다. 항구에는 큰 선박 한 척이 부두로 입항하고 있었다. 나는 항구 담 옆의 도로 쪽으로 좌회전했다. 옛길로 진입하자 눈에 익은 '영희네' 집이 보였다.

공무원 시험에 합격한 후, 제일 먼저 찾아갔던 곳이 영희네 집이었다. 영희는 서울에 있는 대학에 진학해, 만날 수 없었다. 먼발치에 서서 포도밭에서 일하는 영희 부모님 뒤에 절만 꾸벅하고 돌아섰다. 그 후, 방학 중이거나 역전앞을 지날 때마다 영희가 혹여나 집에 왔을까, 포도밭 앞에서 대문을 향해 한참 바라보곤 했다. 세월이 몇십 년이 흐르는 동안에 우리 집처럼 포도밭과 탱자나무 울타리가 사라졌고, 그 자리에 고사리밭이 차지하고 있었다. 나는 차에서 내려 영희네 집으로 갔다. 조금 전 약국에서 봤던 할머니는 보이지 않고, 고등학교 때의 영희 얼굴이 어제 일처럼 떠올랐다. 전학한 첫날, 공고와 다르게 남·녀공학으로 한 교실에서 수업받는 게 어색했다.

첫 수업이 끝나고 안절부절못하는 나를 보고 앞자리의 여학생이 뒤돌아보며 "어서 와. 반갑다!" 하며 아무렇지 않게 말을 건넸다. 나는 열없어 얼굴을 붉히며 고개만 까딱했다. 억세고 날 선 사내들만 득실대던 공고에서 남·녀공학 인문고이다 보니, 모든 게 낯설어 적응이 쉽지 않았다. 수업 시간에는 앉아서 졸고, 쉬는 시간에는 책상에 엎드려 잠만 잤다. 선생님께 몇 번이고 지적받고, 몽둥이로 손바닥과 엉덩이를 수시로 맞았다. 이런 나와 달리 앞자리의 영희는 쉬는 시간과 점심시간에도 책을 보았다. 나는 그런 영희가 너무 신기해 어느 날 무심히 물었다.

"무슨 책을 그렇게 열심히 읽어?"

"응, 소설책."

"참고서나 교과서가 아니고? 그 책은 재미있어?"

"그럼. 너도 읽어 봐."

나는 고개를 흔들며 싫다고 했다. 교과서이든 소설책이든 책이라면 나와 상관없는 물건이라 여겨졌던 터였다. 의자에 앉아 명한 상태로 고개를 끄덕이며 졸기만 하던 내가 전학한 지 석 달이 지나자, 변하기 시작했다. 앞자리의 영희에게 스스럼없이 말도 걸고, 끄덕끄덕 조는 것도 사라지기 시작했다. 앞자리의 영희가 읽었던 책에 대해 재미있게 말해주었기 때문이다. 그러던 어느 날, 나는 영희에게 진지하게 부탁까지 하게 되었다.

"영희야, 나도 너처럼 재미있게 읽을 책 좀 소개해 줘."

"무슨 책을 읽고 싶은데?"

"재미있고 쉬운 책."

"그럼, 도서관에 가서 재미있는 책을 직접 찾아봐."

"너가 읽은 책 중에 무슨 책이 제일 재미있었어?"

"나는 헤르만 헤세의 데미안이지만 너에겐 안 맞을 거야."

"왜?"

"독일 소설이라 그냥, 느낌이 그래."

나는 도서관에 가서 영희가 좋아했던 '데미안'을 찾아 읽었지만, 재미가 없어 포기했다. 매일 이 책 저 책을 뒤적거리다, 교과서에 이름이 있는 심훈의 '상록수'란 책을 읽기 시작했다. 처음에는 무덤덤하게 읽었지만, 몇 번이고 되풀이 읽자, '농촌계몽운동'에 진심으로 헌신하는 주인공의 참모습에 반해 나는 무시하고 한심한 놈이란 걸 점점 자책하게 되었다. 더구나 세상을 보는 눈이 달라지고, 내가 가야 할 길이 보이기 시작했다. 고3이 되자, 나는 스스로 지방공무원 시험 준비를 시작했다. 가난 때문에 대학은 꿈도 못 꾸고, 외아들로 부모님과 같이 살려면 공무원이 최적이라 판단했기 때문이다. 공부하다 도저히 알 수 없는 내용은 영희의 도움을 받아, 하나하나 풀어나갔다. 다행히 공무원 시험 볼 때, 육개장을 먹다 색다른 맛이 나는 고사리나물을 씹는 것처럼 내가 공부했던 아는 문제가 많아 합격했다.

새삼, 영희에게 은혜를 입고 신세 졌던 시절을 잊고 산 내가 한심했다. 양지바른 곳이라 우리 밭보다 더 많은 고사리 새순이 곳곳에 솟아나 있었다. 마침, 약국에서 보았던 영희 올케가 구부러진 허리에 앞치마를 메고 고사리밭으로 나오고 있었다.

"아까, 약국에서 뵈었는데, 미처 인사드리지 못해 이렇게 들렸습니다."

"누구신지?"

"예, 이 댁 따님인 영희 씨랑 학교 동창입니다."

"그래요? 근데, 어쩐 일로?"

"영희 친구 안부가 궁금해서요. 아직도 미국에 살고 있는지요?"

"몇 년 전에 우리나라로 돌아와서, 서울에 살아요."

할머니는 대수롭지 않게 말했지만, 나에게는 엄청난 중요 정보였다.

"댁은 어디에 사우?"

"예, 나는 장터 남쪽 마을에 삽니다요."

"아기씨가 오면 장터 사는 친구가 들렸다고 전해주리다."

"예, 그리 말하면 영희 씨가 알 겁니다."

"그런데, 내가 수시로 까먹어, 장담은 못 하오."

나는 영희가 서울에 산다는 새로운 사실을 아는 것만으로 기분이 좋아졌다. 영희 소식은 마치, 눈앞에 보이는 고사리 새순 같았다. 지금은 아기 손 같이 연약하지만, 솥에 삶기고 햇살에 건조해 곳간에 저장했다가, 추석 차례 때 다시 쪄서 각종 양념과 버무려 고사리나물로 상에 올려지는 게, 마치 나나 영희가 살아온 여정과 닮았다는 생각이 문득 들었기 때문이다.

2

달맞이꽃

　낮 손님이 나간 지 한 시간이 지나도 더는 오지 않자, 에어컨을 끄고 선풍기를 켰다. 그러나 냉기를 지키지 못하고 금방 이마에 땀이 날 정도로 더워졌다. 습관처럼 부채를 쥐고 얼굴과 목 밑으로 재빠르게 흔들었으나 더위를 이길 수 없었다. 아파트 화단에 우뚝 선 감나무잎이 바람에 살랑이는 모습이 보이자 식당의 두 창문을 활짝 열었다. 그러나 시원한 바람은커녕 아파트와 골목을 감쌌던 열기가 들어와, 더 더워졌다. '에잇, 이열치열이다!' 하며 싱크대에 쌓여있는 그릇을 하나하나 씻기 시작했다. 설거지가 끝나자, 탁자를 행주로 닦고, 삐뚤어진 의자를 반듯하게 놓고 창가에 서자, 온몸에 땀범벅이 되었다. 지친 듯 의자에 맥없이 앉아, 멍하니 창밖을 내다보자, 눈까풀이 처지며 저절로 잠이 왔다.
"감자옹심이 한 그릇 주세요."
얼마나 잤을까, 굵직한 남자 손님의 목소리가 들려 눈을 번쩍 뜨고 일어나, 냉장고에서 찬물을 컵에 따라 손님에게 가져갔다. 손님은 잠이 덜 깬 나를 미소 지으며 바라보다 눈이 마주치자, 고개 숙여 인사말을 건넸다.
"누님, 오랜만이네요. 오랜 세월이 지났지만, 예전처럼 여전히 고우시네요."
"예?"
멈칫하며 싱긋이 웃는 손님을 바라보자, 눈에 익은 모습이었다.
"누구시더라?"
"한번 맞춰봐요. 힌트를 드리자면, 우리는 지금 40여 년 만에 만났어요."
"예? 그런데?"
"하기사, 너무 오래 전이라 모르실 수 있겠네요. 여동생 영옥이 친구인데요."
"어머나, 세상에! 어쩐지 눈에 익더라 했지. 승기 씨잖아, 김승기!"
"맞아요. 누님과 마지막으로 본 게 내가 국민학교 4학년 때이니, 그 새 40여 년이 지났잖아요."
"그래, 그런데 승기 동생은 어렸을 때나 중년이 된 지금이나 하나도 변한 게 없네?"
"에이, 누님이야말로 예전보다 더 예뻐지셨네요."

"거짓말도 다 하네. 이젠 나도 산전수전 다 겪은 중년 아줌마야. 식당을 하며 여러 사람 만나다 보니, 승기 씨가 서울에 살고, 모친께서 3년 전에 작고하셨다는 소식을 듣기도 했어. 그런데, 서울 사람이 여기서 내가 옹심이칼국수 집 하는 건 어떻게 알고?

"제 친구들이 고향에 많이 살잖아요. 오늘 친구들이 한 번 모이자 하고 또, 아버님이 편찮으셔서 직장에 휴가 내고, 겸사겸사 고향에 왔어요."

"많이 편찮으셔?"

"연세가 있고, 이웃에 사는 누님이 너무 힘 드시는 것 같아, 요양원에 모시려고요."

"그래 결정했어?"

"아버님이 계속 망설이고 계세요."

"그럼, 그러실 거야. 그런데, 까마득한 옛날에 조그만 인연이 있던 나를 잊지 않고 다 찾았네!"

"조그만 인연이라니요? 내가 좋아했던 영옥이가 갑자기 하늘나라로 갔을 때, 얼마나 놀라고 슬펐겠어요? 그때 누님이 우는 나를 두 팔로 감싸며 달래주었잖아요."

"그때, 나도 동생 잃은 서러움에 엄청 슬펐는데, 어린 승기 동생이 울자, 껴안고 같이 울었지. 가끔 영옥이 생각날 때마다 승기 씨도 생각났어. 언젠가 만나면 고맙다는 말을 꼭 하고 싶었는데, 이렇게 만나다니!"

"초등학교 4학년 때, 6학년인 누나가 조회 시간 중에 우리 교실로 들어와서 담임선생님께 편지봉투를 내밀었어요. 선생님은 편지를 읽더니, 부급장 영옥이가 알 수 없는 병으로 갑자기 죽었다고 했어요. 이 말을 듣고, 우리 반 모두 책상에 엎드려 엉엉 울었어요. 수업이 끝나고, 나는 급장 자격으로 담임선생님 따라 누님 집으로 갔었지요.”

"그래, 우리 가족들 모두 원인을 알 수 없는 영옥이의 죽음에 황당해서 얼빠진 체 멍하니 있었는데, 어린 승기가 방 안으로 들어오자마자 우는 바람에 우리 가족 모두 같이 울었잖아.”

"나는 전천에서 누님과 같이 부둥켜안고 울었던 게 생각나는데요.”

"그래, 담임선생님은 학교로 돌아가시고, 승기 학생은 집으로 가지 않고 마당에 서성이다 나를 부르더니 '영옥이 어디에 묻었어요?'라 물었어. 그래서 내가 앞장서서 강가로 데리고 갔어. 영옥이 무덤을 가리키며 '저기!'라 말하자, 승기 학생이 돌무덤 앞으로 가더니, 무릎을 꿇고 다시 울기 시작했어. 그 모습을 보자 나도 모르게 승기를 안고 같이 울었지. 얼마나 울다 보니, 주위가 어두워지고 하늘에 보름달이 떠 있었어. 달을 한참 보던 승기가 돌무덤 옆에 핀 꽃을 손가락으로 가리키며 '누나, 저 꽃 이름 뭐예요?'라 물었어. 내가 '달이 뜨면 피는 꽃이라 해서 달맞이꽃이라 불러.'라고 하니, 꽃 한 송이를 꺾어 내 머리에 꽂아 주며, '누나, 영옥이 죽이 달맞이꽃이 되었네요. 그렇죠?'라 말했어.”

"그날 밤에 본 달이며 달맞이꽃과 나를 안아준 누님을 지금까지 기억해요.”

"그래, 친구의 죽음에 진심으로 슬퍼하는 승기 모습에 나도 감동했어."

"그런데, 이 시간에 무슨 일로?"

"아, 오늘 친구들과 만나 술 한 잔 마시기로 해서, 누님도 보고 저녁도 먹을 겸 들렀어요."

"그래, 잠깐 기다려. 내 얼릉 옹심이칼국수 해올게."

주방으로 들어가자, 눈물이 주책없이 흘러내렸다. 나는 흐르는 눈물은 닦지 않고 가스레인지를 켰다. 냄비에 물을 받아 멸치와 된장을 넣어 끓이다가 면과 감자옹심이, 들깻가루, 호박, 석이버섯을 넣어 푹 끓인 후, 대접에 담았다. 고명으로 달걀지단과 실고추를 얹어, 승기가 앉은 식탁 위에 놓았다. 또, 깜박 잊었다는 듯이 열무김치와 무생채를 냉장고에서 꺼내, 접시에 담아 상 위에 놓고 승기를 지그시 바라보았다. 그는 먼저 국물을 한 숟가락 떠서 먹더니, 젓가락으로 면과 감자옹심이를 집어 훌훌 불며 먹기 시작했다. 무덤가에서 슬피 울던 어렸을 때의 승기와 어른이 되어 옹심이칼국수를 먹는 모습을 번갈아 보자, 또다시 눈물이 흘러내렸다. 순식간에 원인 모를 병으로 동생을 잃고 어찌할 바 몰랐던 그날이 생생하게 떠올랐다.

"누님, 냉수 좀 더 줘요."

승기는 내가 주방에서 울고 있다는 걸 금방 눈치챘다.

"정말 오랜만에 이열치열로 맛난 옹심이칼국수를 잘 먹었네요."

"괜히, 그런 말 안 해도 돼."

"누님은 나를 보고, 영옥이를 떠올렸듯이, 나도 옹심이칼국수

먹으면서 3년 전에 돌아가신 어머니 생각이 났어요."

"그랬구나"

"예. 여기 국수, 값"

"아니야. 내 동생 하늘나라 갔을 때, 강가에서 나를 얼마나 위로해 줬는데?"

"저야말로 누님께 위로받았죠."

"그래, 우리 서로 위로받았으니, 국숫값은 퉁 치자."

"고마워요."

"아니야, 승기 씨야말로 우리 영옥이와 나를 잊지 않고 찾아줘서 고마워."

 승기는 손을 흔들며 식당을 나갔다. 40여 년 세월에 저렇게 멋진 어른으로 변하다니! 옹심이칼국수를 깔끔하게 비운 그릇을 싱크대에 담가놓고, 나는 다시 창밖을 내다보았다. 얼마쯤 그렇게 멍하니 있자 저녁 손님들이 연이어 찾아와, 냉콩국수, 잔치국수, 옹심이칼국수를 주문했다. 한참 동안 저녁 손님을 받아 수발드는 내내 하늘나라로 떠난 영옥이와 기철이 두 동생이 떠올라 눈물을 흘렸다. 9시가 되자, 나는 식당 불을 끄고, 리모컨으로 TV를 켜고 뉴스를 보았다. 뉴스 중간에 새 대통령 부부가 활짝 웃으면서 애완견을 쓰다듬며 먹이를 주고, 관저 잔디밭을 같이 산책하는 장면이 나왔다. 개를 친자식처럼 여기는 모습이 TV에 자주 나오자, 사람들은 곧 보신탕이라는 음식이 우리나라에서 사라질 것이라 여겼다. 대통령 부부가 개를 저렇게 자식처럼 여기는데, 국민이 어찌 개를 잔인하게 죽여 요리해 맛있게 먹을 수 있겠냐? 라 공공연하게 말했다.

　내 고향은 강원도 남녘의 한 산골짜기에 있었다. 논이 없어 벼 농사는 아예 짓지 못하고, 경사진 밭에서 농사짓는 잡곡으로 매 끼니를 때웠다. 일상에 필요한 생필품은 봄철마다 산 곳곳에 돋아나는 고사리와 곰취 등의 나물을 뜯어 장에 내다 팔아 장만했다. 또, 겨울철이 되면 20여 리 떨어진 바닷가 마을의 배와 덕장에서 익숙하지 않은 일을 해서 가용에 보태 썼다. 또, 자식들이 커서 시집 장가보낼 때가 다가오면 읍내 부잣집의 송아지를 받아 어미 소로 키워주고, 그 어미 소가 송아지를 낳으면 송아지가 품삯이 되고, 어미 소가 된 송아지는 주인에게 돌려주었다. 또, 집마다 개를 길러, 강아지를 낳으면 한두 달 키워 장에 내다 팔았다.
　그때만 해도 읍내에서 흔히 있는 개 식용을 우리 마을에서는 철저하게 금지했다. 이를 어기면 집안에 액이 끼어 꼭 우환이 생긴다고 믿었다. 내가 6학년 때 우리 집에 별의별 일이 다 생겼다. 그 시작은 조상 대대로 살아왔던 고향을 떠나, 70여 리 떨어진 읍내로 이사를 한 후였다. 이사를 앞두고 아버지와 어머니는 매일 언성을 높이며 심각하게 말을 주고받았다. 그러던 어느 날, 장에 다녀오신 아버지와 어머니가 오빠 셋, 언니 하나, 나, 여동생 하나, 남동생 하나 등 전 식구를 불러 앉혔다.
　"우리집 식구들이 많아, 아무래도 읍내로 이사를 가야겠다."
　"어디로요?"
　큰오빠가 별 이상한 말 다 듣는다며 되물었다.

"장에서 윗동네 장 씨를 만났는데, 북쪽에 있는 뒷들마을에 큰 공장이 여럿 있어, 일자리도 많다고 하니, 거기로 가볼 생각이다."

"거기 가면 기다렸다는 듯이 누가 '어서 오와' 할 사람이 있어요?"

"이놈이? 일단 제철소와 생석회 공장이 있는 월동마을로 이사 갈 생각이다."

곧 군에 입대할 큰오빠가 반대 의사를 내비쳤지만, 두 오빠와 언니가 찬성이고, 어머니와 나는 반대하고 동생 둘은 가만히 있었다.

"그 월동마을에 남한에서 제일 큰 제철소가 있고, 그 옆에 생석회를 만드는 공장이 있다더라. 마을에 사는 대다수 사람이 그 공장에 다닌다고 하더라."

아버지가 결심했다는 듯이 이사를 기정사실로 선언했다. 가만히 고개 숙이고 있던 어머니가 마당의 '흰둥이'를 가리키며 아버지에게 물었다.

"저 흰둥이는 어떻게 해요?"

"다음 장에 내다 팔지 뭐."

"강아지도 아니고, 다 큰 개를 장터까지 어떻게 데리고 가요?"

"그럼, 옆집 순이네에 그냥 주고 갑시다."

유난히 흰둥이를 좋아했던 셋째 오빠가 말했다.

"새끼 때부터 키운 공이 얼마인데, 그냥 주고 가요?"

아버지가 셋째 오빠 의견에 고개를 숙이며 중얼거렸다. 그 모습을 본 어머니가 날카로운 눈으로 아버지를 노려보며 말했다.

"순이네도 어미 개가 두 마리나 있는데 받겠어요? 그리고 당신, 혹여나 식구들 속이고 엉뚱한 생각 하지 말아요! 그랬다간 우리 집에 액이 껴, 이사고 뭐고, 다 헛것이 되고 말아요."

"아이, 엄마도? 장터에 가면 보신탕집이 다섯 곳이나 돼요. 소, 돼지, 염소, 닭처럼 스스럼없이 키우고 잡아먹는 가축이라고요."

고개 숙이고 있던 둘째 오빠가 한마디 하자, 어머니가 냅다 퉁바리를 주었다.

"이놈이? 우리 마을은 산 지세가 개 형국이라, 예전부터 개 식용을 철저히 금기해 왔는데, 넌 지금 자다 봉창 두드리는 소리를 왜 하냐?"

"알았어요."

둘째 오빠가 수그러들자, 어머니가 다시 아버지에게 당부했다.

"당신, 몸보신 핑계 대며 날 속이지 말아요."

나는 그날부터 읍내로 이사한다는 데 들떠 있어 흰둥이에게는 관심이 없었다. 말 나온 지 반년 만에 마침내 우리 아홉 식구는 전천 옆에 있는 월동마을로 이사를 갔다. 다행히 고향집과 야산, 밭을 사겠다는 집이 있어, 이사하는 데 거리낌이 없었다. 이사한 집에서 학교까지 가는데 10분 정도 걸렸다. 전학한 학교는 고향 학교보다 교실이 세 배 많았고, 운동장도 몇 배 넓었다. 고향에서는 구경하기 어려운 차와 기차가 수시로 학교 앞 신작로와 철로로 다녔다. 아버지, 어머니를 제외하고 세 오빠, 언니 모두 공장에 취직되었다. 그런데, 집으로 올 때마다 온몸에 허연 생석회 가루를 뒤집어썼고, 냇가로 곧장 가서 허연 가루를 털고, 머리를 감고 세수를 했다. 나는 5학년, 동생 영옥이는 3학년, 남동생 기철은 1학년으로 전학을 했다.

　아버지와 어머니도 공장에 취업하려고 했지만, 나이가 많다고 받아주지 않아 농사만 지었다. 마침, 장터에 사는 숙모의 소개로 이사한 집 앞에 있는 논과 밭을 싸게 샀기 때문이었다. 우리 집 식구들은 생소한 곳으로 이사를 왔지만, 몸에 밴 손재주와 근면만으로도 자리를 잡기 시작했다. 석 달 후에 큰오빠가 군대에 입대했고, 두 오빠와 언니는 생석회 공장에 다니며 자기 앞길을 스스로 닦았다. 나는 촌 학교에서 읍내에 있는 학교에 전학했어도 기죽지 않았다. 특히 여동생 영옥이는 나보다 더 공부 잘하고 똑똑해서 전학을 왔음에도 부반장까지 하였다. 막내 기철이도 읍내 아이들 숲에서도 특유의 친화력으로 잘 어울리며 학교생활에 잘 적응했다.

　우리 집 식구 모두, 읍내 생활에 익숙해지고 일 년 반쯤 지났을 때였다. 가을을 앞두고, 여동생 영옥이와 남동생 기철이가 알 수 없는 병에 걸리고 말았다. 둘은 학교로 갈 힘도 없고, 밥 먹을 수도 없어 방 안에 누워 '잠자다, 눈 떴다'를 반복했다. 몸살 앓을 때처럼 밤낮으로 온몸에 열이 나고, 손이 떨려 숟가락을 들지 못했다. 겨우 물만 한 모금씩 먹고 버티자, 몸과 얼굴에 살이 빠지고 몰골이 보기 흉할 정도가 되었다. 어머니는 애가 타서 약국에 오가며 약을 사와 먹였지만, 증세가 호전되지 않았다. 아버지는 화가 나서 방 안에서 끙끙 앓는 애들에게 야단을 쳤다.

　"남의 집 애들은 잘만 학교로 다니는데, 우리집 애들은 왜 저 모양이야?"

 어머니는 아픈 애들을 야단치는 남편에게 밥상을 밀치며 대들었다.

 "아무리 생각해도 이상해. 우리 집에 액이 낀 게 틀림없어. 당신, 이사 오기 전, 뒷집 옥녀 아비랑 흰둥이 해치운 게 맞지?"

 "이 여편네가 돌았나? 먹지 말라는 걸 내가 왜 먹어, 먹는 걸 봤어?"

 "아무래도 수상해. 멀쩡했던 애들이 저리 아픈 게, 당신이 개고기 먹었기에 우리 집에 액이 낀 게 틀림없어. 똑바로 말해요?"

 "안 먹었다고, 안 먹었다고!"

 아버지는 소리치며 마당을 지나, 냇가로 빠르게 치달았다. 아버지는 내가 보기에도 이상했다. 이사 오기 전, 아버지 몸에서 이상한 냄새가 났었다. 평소처럼 그냥 지나쳤을 뿐인데, 마치 흰둥이 앉았을 때, 나는 냄새가 아버지 몸에서 풍겼다. 또, 이사하기 일주일 전, 내가 갑자기 배가 아파 설사통으로 변소를 불나게 드나들 때였다. 변소 밖에서 옥녀 아버지와 우리 아버지가 속삭이는 말을 엿듣고 말았다.

 "우리 비밀을 끝까지 지키세."

 "그럼요. 형수님이 알면 난리 나지만, 우리 마누라도 이 사실 알면, 나를 집에서 쫓아낼게요."

 "그래, 하여튼 까먹을 때까지 입 싹 다물어야 하네."

 "형님이나 지켜요."

 두 동생이 아픈지 열흘쯤 지났을 때였다. 하교해 잰걸음으로,

집으로 가서 방문을 열었는데, 기철이는 보이지 않고 영옥이 혼자 있었다. 영옥이는 나를 보자 싱긋 웃으며 반갑게 맞이했다.

"언니, 왔어? 나, 떡하고 복숭아를 갑자기 먹고 싶어."

"그래? 떡은 하루쯤 떡쌀 불리는 시간이 걸리니, 엄마 오거든 해달라 하자."

"복숭아는?"

"언니가 복숭아 살 돈 있으니, 금방 가게에 가서 사 가지고 올게."

나는 과일 가게로 쫓아가 복숭아 세 개를 사와, 한 개를 과도로 깎아 건네주었다. 영옥이는 고맙다며 눈인사하고 복숭아를 한입 물고 씹었다. 그런데, 갑자기 씹던 복숭아를 방바닥에 뱉고, 한입 물었던 복숭아를 벽에 던지며 소리쳤다.

"이 복숭아는 시기만 하고 달달하지 않잖아!"

나는 깜짝 놀라 영옥이를 보았는데, 그 사이 얼굴이 변해있었다. 눈에는 눈동자 없이 흰자위만 보이고, 이상한 광채가 났다. 나는 섬뜩할 정도로 놀라, 뒷걸음질 치다 문턱에 걸려 넘어졌다. 재빨리 일어나, 영옥이에게 다가가 이마를 만져보니 손바닥이 뜨거울 정도로 열이 났다. 이때, 밖에 나갔던 기철이가 방으로 들어오며 방바닥에 떨어진 복숭아를 주워 먹었다.

"이 복숭이 맛 달달한 게 맛있는데, 더 있어?"

금방 다 먹더니 방안을 두리번거리며 복숭아를 찾았다. 나는 남은 복숭아 두 개를 기철에게 건네주며 당부했다.

"누나가 지금 많이 아프니, 잘 보고 있어. 나는 엄마 찾아서 얼른 올게.”
 나는 기철의 손을 꼭 잡으며 당부하고 엄마를 찾으러 밭으로 뛰어갔다.
 “엄마, 영옥이가 엄청 아픈 것 같아!”
 밭두렁에서 소리치며 밭으로 들어가 일하는 엄마 손을 잡고, 울면서 소리쳤다.
 “왜 그래?”
 “영옥이가 복숭아를 먹고 싶다해서, 사다 주었더니 한 입 먹더니 갑자기 벽에 매쳤어. 그런데, 눈이 이상해!”
 “뭐라?”
 엄마는 내 말을 듣더니, 나보다 더 빨리 집으로 뛰어갔다. 마당으로 들어서니 영옥이는 나한테 한 말을 엄마에게 똑같이 반복해 말했다.
 “엄마, 나 복숭아하고 떡 먹고 싶어.”
 “그래, 내 당장 떡쌀 담가, 떡 많이 해줄게.”
 엄마가 영옥이 이마를 만지며 속삭였다. 마침, 아버지도 방안에 들어오자, 엄마가 울기 시작했다.
 “우리 영옥이 이마 좀 만져봐요. 열이 엄청나게 나요. 뭔 일이 날라고 이러나.”
 “부정 타게 뭔 그따위로 말을 하고 그래?”
 아버지가 눈을 흘기며 엄마에게 큰소리쳤다. 이때 갑자기 영옥이 입가에 허연 거품이 스멀스멀 나오더니, 갑자기 목에서 이상한 소리가 나며 앞으로 머리가 ‘뚝!’ 꺾였다. 어머니가 영옥이 몸을 흔들자, 머리가 맥없이 흔들렸다. 게다가 귀에 대고 '영옥아!' 라 큰 소리로 불러도 대답이 없었다. 아버지는 윗옷을 벗겨 가슴에 귀를 대 보았으나 곧 고개를 가로저었다. 게다가 몸 전체가 싸늘하게 식어있었다. 어머니는 영옥이를 가슴에 안고 대성통곡했다.

"아이고, 아이고! 우리 영옥이에게 이게 뭔 일이야!"

아버지도 무릎 꿇고 손바닥으로 방바닥을 치며 울었다.

"내가 전생에 무슨 죄를 지었기에, 이 어린 것이 아비보다 먼저 저승에 간단 말인가!"

한참 울던 아버지가 문을 '쾅' 닫으며 밖으로 나갔다. 얼마쯤 지났을까, 이웃집 두 아저씨와 방으로 들어오더니 얇은 담요로 영옥이를 둘둘 말아 밖으로 나갔다. 어머니는 얼이 빠져 멍하니 바라다볼 뿐이었다. 한참 만에 돌아온 아버지 입에 술 냄새가 풍겼다. 나는 아무래도 이상해, 엉엉 울며 아버지에게 물었다.

"영옥이는 어쨌어요?"

"강가에 묻었다."

아버지는 아무렇지 않게 말하고, 술을 마시기 시작했다. 신기하게도 밤 9시쯤에 군대에 갔던 큰오빠가 동생 사망 소식을 들은 것처럼 첫 휴가를 왔다. 혼자 술 마시던 아버지는 '잘되었다!'며 큰오빠와 술을 마셨다.

다음 날 아침이었다. 퉁퉁 부은 눈으로, 학교로 가려는 나를 큰오빠가 불렀다. 오빠는 하얀 봉투를 주며 영옥이 담임에게 주라고 했다. 나는 얼빠진 사람처럼 비척거리며 등교해서, 4학년 1반 교실의 앞문을 톡톡 두드렸다. 마침, 조회하려고 교단에 섰던 담임선생님께 눈물을 흘리며 봉투를 내밀었다. 뒤돌아서서 우리 반 교실로 가려는 나를 누가 불렀다.

"누나, 부급장인 영옥이가 죽다니요. 이게 말이 돼요?"

"그래, 이제 겨우 12살 넘겼는데 하늘나라로 간다는 게 말이 안 되지. 넌 누구니?"

"4학년 1반 반장 김승기입니다."

반듯하게 생긴 승기는 내 앞에서 소리 내 울었다. 갑자기 4학년 1반 교실에서도 반 아이들 모두 울음을 터트렸다. 그 울음소리는 마치, 어린 동생 하나 돌보지 못해 저승으로 먼저 보냈다고 나를 비난하는 소리 같았다. 나는 겁먹은 듯이 뒷걸음치다, 우리 반 교실로 막 뛰어갔다. 오전 수업이 끝나자, 담임선생이 나를 부르더니 교장실로 가보라 했다. 교장실에는 교감, 교무, 영옥이 담임, 반장 승기가 있었다. 영옥이 담임선생은 나를 보자, 집으로 가자며 앞장세웠다. 집에는 어머니 혼자 방 안에서 울고 있었다.

"영옥이 학생 어디 있습니까?"

"저쪽 강가 둑 밑에 묻었어요."

어머니가 혼잣소리하며 울자, 승기가 큰 소리로 외쳤다.

"우리 반 친구들이 영옥이 시신이라도 본 후에 묻지, 우리는 어쩌라고요?"

승기가 울며 밖으로 뛰어나가자, 나도 모르게 벌떡 일어나 뒤따라가다, 영옥이 무덤 앞에 앉았다. 앞섰던 승기가 되돌아와 돌무덤 앞에 앉더니, 소리 내 울며 눈물을 흘렸다. 나는 승기 등을 감싸안으며 손바닥으로 다독거려주었다. 해가 서산에 지고 어둠이 강가에 드리워지자, 승기를 일으켜 세우며 집으로 가자고 했다. 하늘에 보름달이 떠 있고, 제방 곳곳에 달맞이꽃이 피어 있었다. 승기는 "저 꽃 이름이 뭐예요?"라고 물었다. 나는 '달맞이꽃'이라 말하며, 달과 꽃을 번갈아 보며 승기에게 잘 가라 손을 흔들었다.

집 마당으로 들어가다 나는 또, 가슴이 철렁 내려앉는 것처럼 놀랐다. 처마 밑에 누워 자듯이 엎드려 있는 기철이를 보았기 때문이다. 나는 다시 울부짖으며 기철에게 다가가 흔들었다. 다행히 기철이는 눈을 뜨고 나를 보았다.

"누나, 나 죽기 싫어!"

"이 바보야, 니가 왜 죽니? 그리고 모기가 많은데 왜, 처마에 누웠어?"

소리치며 기철이를 껴안자, 온몸의 열기가 나에게 전달이 되었다.

"엄마, 기철이도 아픈 것 같애!"

방안으로 소리치며 들어가자, 어머니가 부엌에서 얼굴이 백지장이 되어, 눈을 동그랗게 뜨고 뛰어왔다.

"아버지와 큰오빠는 어디 있어요?"

"몰라, 또, 부자간에 술타령 하나보다."

나는 신도 제대로 신지 못하고, 동네 상점으로 내달렸다. 상점 앞 살평상에 술 마시는 아버지와 오빠가 보이자, "기철이가, 기철이가!"라며 소리를 질렀다. 아버지가 벌떡 일어나더니 집으로 뛰어가고, 큰오빠는 신작로로 내달렸다. 아버지 뒤따라 집으로 들어가자, 아버지는 기철이 이마에 손바닥을 대며 "기철아! 정신 차려라!"라 소리 질렀다. 이때, 담밖에 택시가 서는 소리가 나며, 큰오빠가 차에서 내려 마당으로 뛰어왔다. 큰오빠가 기철의 이마에 손을 대더니, 아버지에게 소리쳤다.

"큰 병원이 있는 강릉으로 가죠?"

"그래, 세상에 이런 일이 우째 우리 집에 연거푸 생긴단 말이냐?"

어머니는 아버지와 큰오빠가 기철이를 안고 택시에 타자, 마당에 퍼질러 앉아 통곡했다.

"어째, 이런 일이! 연달아 우리 집에만 생기냐 말이다. 저놈의 영감탱이가 개고기를 먹은 게 틀림없어. 그걸 먹으면 액이 낀다고 누누이 말했건만 뭐, 안 먹었다고? 아이고, 신령님. 우리 영옥이를 데려갔으니, 겨우 10살밖에 안 된 기철이는 좀 더 살게 해주세요!"

어머니는 꼬박 밤을 새웠지만 병원으로 간 식구들은 돌아오지 않았다. 이튿날, 해가 중천에 떴을 때야, 택시에서 아버지와 큰오빠가 쓰러질 듯이 내렸다. 더구나 기철이는 병원에 입원한 게 아니고, 조그만 시체 덩어리로 큰오빠 팔에 안겨 돌아왔다. 영동지역에서 제일 크다는 병원에서도 열 살 먹은 어린애 하나 살리지 못했다. 주사 맞고, 약 먹어도 새벽 4시에 누나처럼 입에 거품을 내뿜으며 죽고 말았다며, 아버지가 울부짖었다. 큰오빠도 동생의 죽음을 이해하지 못하겠다며 방구석에서 소주를 마셨다. 어머니는 손바닥으로 방바닥을 치며 울부짖었다.

"이게 다 내 탓이다. 먹지 말라는 개고기를 니 애비가 먹었다는 걸 뻔히 알면서도, 이사 올 때 안택 귀신이 들어있는 단지를 개굴창에 버리고 왔어야 했는데, 그 귀신이 여기까지 따라와 이사 온 집구석에 숨어있는 바람에 생때같은 우리 자식 둘을 데리고 갔네. 아이고, 내 팔자야!"

밖으로 나갔던 아버지는 영옥이 시신 치울 때처럼 두 아저씨를 데려와, 기철이가 입고 있던 헌 옷을 벗기더니, 새 옷으로 갈아입히고 광목으로 감아 지게에 지고 나갔다. 저녁때가 되자, 읍내 숙모가 찾아와 한바탕 울더니, 아버지와 어머니 앞에서 목소리를 높였다.

"이런 일이 벌어진 건, 온 집안에 액이 끼고 우환이 겹쳐 생긴 일이다. 이걸 고쳐야지, 안 그러면 또 다른 우환이 계속 찾아올 거다. 내가 용한 무당 한 분을 잘 아니, 그 무당을 불러 예방 푸닥거리를 해야만 해."

이튿날 오후가 되자, 눈에 불이 철철 흐르는 무당이 우리 집으로 와서 마당과 부엌, 뒤꼍과 변소를 둘러보며 방울을 울리고 쩌렁쩌렁하게 외쳤다.

"이 집에 아직 한 사람이 더 죽어야 액이 끝난다."

똑같은 말을 두 번 하더니, 방울을 요란스럽게 흔들있다. 아비지는 헛기침을 연신 하고, 어머니는 두 손바닥을 싹싹 비비며 "우타해요, 우타해요! 살려주세요, 살려주세요!"라 빌었다. 그러자 무당이 껑충껑충 뛰며, 손에 있는 방울을 다시 흔들며 말했다.

"쌀 세 가마와 산 짐승 하나가 더 희생하면 액이 물러난다!"
 아버지와 어머니는 처음에는 멈칫거렸지만, 무당에게 머리를 조아리고 두 손을 비비며 연신 "살려만 주세요!"라 빌었다. 다음 날 새벽이었다. 정말, 믿기지 않는 일이 우리 집에 또 생기고 말았다. 사립문 앞에서 울타리 밖으로 오가는 이웃에게 꼬리를 흔들며 반갑게 컹컹 짖던 '복술이'가 보이지 않았다. 나는 아침을 먹는 둥 마는 둥 하고, 동네 길을 돌며 "복술아, 복술아!"라 부르며 전천과 둑방을 몇 번이나 오고 가며 찾았다. 하루 종일 울 힘도 없어질 때까지 온 동네를 흐느적거리며 복술이를 찾아 돌아다녔다. 날은 다시 어두워지고, 보름달이 훤하게 동쪽 하늘에 뜨기 시작했다. 어머니의 성화로 집으로 가서 꾸역꾸역 저녁밥을 먹고 마당으로 나오니, 보름달이 눈앞에 떠 있었다.
 나는 낮에 다니지 않았던 봇도랑으로 갔다. 강에서 공장으로 들어가게 만든 큰 봇도랑으로 물이 시원하게 흘렀다. 도랑의 물 위로 하늘에 떠 있는 보름달이 있어 어둡지 않았다. 좁은 길로 얼마쯤 갔을까. 애타게 찾던 복술이가 도랑에 엎드려 죽어 있었다. 깜짝 놀라 바지 아랫단을 걷지도 않고 그냥, 도랑으로 뛰어내렸다. 알 수 없는 힘이 어디서 나왔는지 모르게, 복슬이를 덜렁 들어 도랑가에 올려놓고, 뛰어 올라와 복술이를 두 팔로 안고 집으로 뛰었다. 남이 보면 미친 계집으로 보였을 것이다. 나는 집으로 들어가며 어머니를 불렀다.
 "엄마, 복술이 찾았어요."
 "뭐라, 어디서?"

"봇도랑 속에 있었어요."
"세상에!"

놀란 어머니에 이어 아버지와 둘째 오빠가 방에서 뛰어나왔다. 죽어 있는 복술이 보다 흙투성이 젖은 옷 채로 서있는 나를 보고 더 놀랐다.

"이 무거운 개를 너가 봇도랑에서 건져 올리고, 집까지 안고 왔단 말이냐?"
"예."
"안 무거웠어?"
"오늘따라 덜렁 들 정도로 가벼웠어요."
"세상에! 죽어서 축 늘어진 어미 개가 가벼웠다고?"

어머니가 나를 껴안고 한참 울더니, 방으로 가자고 했다.

"소문대로 무당이 용하네."
"왜요?"
"무당이 집 귀신으로 산 짐승 셋이 죽는다고 했는데, 복술이가 너 대신 죽었잖아."
"뭐라고요?"
"아니다. 애썼다. 내일 저 복슬이를 영옥이 옆에 묻어주자. 그러면 우리집 액 모두 사라지겠지."

이튿날, 무당이 소식을 듣고 집으로 왔다. 나를 보더니, 혼댓밀을 했다.

"당신이 남은 액 하나를 물리치고, 복 하나를 받았네요."

무당이 마당과 집 주위로 방울을 흔들며 세 바퀴 돌더니, 돌아갔다. 우리 집 식구 모두 복술이 장사 지내기 위해 강가로 갔다. 영옥이와 기철이 무덤 옆에 복술이를 묻고, 돌로 덮어주었다. 아버지가 나를 보며 씁쓸하게 한마디 했다.

"딸년 하나 살리려고 쌀 세 가마와 멀쩡한 개 한 마리 없어졌네!"

공장에 다니는 오빠와 언니가 싱긋이 웃으며 말했다.

"아버지, 우리가 열심히 일해 쌀 세 가마와 강아지 한 마리 사 올 게요."

"그래, 농담으로 한 말이다."

이때, 어머니가 아버지를 노려보며 다시 다그쳤다.

"당신, 사실대로 말해봐요."

"뭘?"

"진짜로 우리 흰둥이 안 먹었어요?"

"그 이야기가 지금 왜 또 나와?"

"저 봐? 죄지은 놈은 아무리 숨겨도 다 들통이 나게 돼 있다고요."

우리 집에 밀어닥친 액운이 지나가자 더 이상, 별 탈이 생기지 않았다. 단지, 복술이가 나 대신 죽었다는 무당의 말이 계속 떠올라 나는 늘 슬펐다. 학교에 가기 싫고, 집안일도 하기 싫었다. 슬픈 말이나 사연을 듣거나 보면 그대로 눈물이 흘러나왔다. 눈 밑이 검게 변하고, 빈 개집이 무서워 그 앞을 지나기 어려웠다. 내가 살아있는 게 싫어 밤이 되면 집을 나와 전천 제방으로 나가 흐느껴 울었다.

"누나, 그만 울어요. 영옥이는 하늘나라에서 예쁜 천사가 되었을 거예요."
"아, 승기구나"
"예, 가끔 여기로 나왔는데, 올 때마다 누나가 울고 있어, 그냥 돌아갔어요."
"그랬구나."
"그래서 다가오지 못하다, 오늘은 용기를 냈어요."
"승기야, 미안하고 고맙다."

저녁 손님이 더 오지 않자, 다른 날보다 일찍 식당 문을 닫았다. 어렸을 때 보았던 승기가 어른이 된 모습을 40여 년 만에 보자, 만감이 교체했다. 승기 친구였던 영옥이가 살아 있다면 어떤 모습일까 상상하니 도저히 식당에 있을 수 없었다. 식당 문을 닫고 골목길을 벗어나 큰길로 나섰다. 도로에는 어깨가 부딪칠 정도로 사람들이 많았고, 도로 옆으로 높은 아파트가 하늘을 가렸다. 아파트가 들어선 터는 일제강점기 때부터 있었던 거대한 제철소 자리였다. 또, 생석회 공장 터에는 수많은 상가가 환하게 길을 밝히고 있었다. 강 쪽으로 난 도로를 따라가자, 서쪽 산 밑에 있는 거대한 시멘트공장에서 항구로 연결된 4차선 도로가 보였다. 도로 위로 대형트럭이 쌍라이트를 켜고 쉴 새 없이 내밀리고 있었다.

도로 밑의 터널에 들어서자, 지금이 아닌 옛날로 들어가는 듯싶었다. 터널을 지나자, 또 다른 도로 옆으로 대나무가 하늘 높이서 있었다. 밤이라 그런지 차가 다니지 않았지만, 좌우를 살피며

도로를 건넜다. 도로 옆에는 산책로와 정원, 농구장, 파크골프장이 들어서 있었다. 예전 모습은 다 사라지고, 산책로로 많은 사람이 걷고, 뛰어가고 있었다. 나는 제자리에 서서 영옥이와 기철이, 복술이를 묻고 돌을 쌓았던 돌무덤을 찾았으나, 감조차 잡을 수 없었다. 나도 모르게 '영옥아, 기철아. 이제야 찾아와, 미안하다!' 고개 숙여 혼잣소리하며 산책로로 걸었다. 걷는 내내 '이 근방에 두 동생과 나 대신 죽은 복슬이 돌무덤이 있었는데, 왜 그걸 잊고 살았지?' 하고 자괴감이 들었다.

얼마나 걸었을까. 숙였던 고개를 들어 보니 멀리 항구와 선박의 불빛이 보였다. 문득, 더 이상 밤길을 걷는 게 무의미하다고 여겼다. 차라리 터널 앞으로 가서 돌무덤의 위치를 찾는 게 낫겠다는 생각이 들었다. 도로 밑의 터널 입구로 다가가자, 조금 전에 보지 못했던 넓다란 정원이 보였다. 터널 위에 보름달 같은 전등이 주위를 환하게 비추고 있었다. 정원에는 꽃동산처럼 온갖 꽃과 나무가 있고, 길 곳곳에 긴 의자가 있었다. 나는 의자에 앉아 잘 자란 나무와 곱게 핀 꽃들을 보았다. 정원 가운데 눈에 익은 꽃이 보여 자리에서 일어나 다가갔다. 세상에! 바로 달맞이꽃이었다.

나는 마치 동생의 돌무덤을 찾았다는 듯이 달맞이꽃 앞에 쪼그려 앉았다. 손바닥으로 스치듯이 꽃을 쓰다듬으며 하늘을 쳐다보았다. 마침, 동쪽 하늘 구름 사이로 보름달이 나타났다. 달맞이꽃과 보름달을 번갈아 보자, 40여 년 전에 떠나보냈던 영옥이와 기철이가 생각나고 나 대신 죽은 복술이도 떠올랐다. 오랜 세월, 먹고사는 일에만 매달리느라 고향과 부모 형제를 잊고 살았던 내가 부끄러웠다. 단지 생각나는 것은 남편과 중매로 만났을 때 앞으로 보신탕을 먹지 않겠다는 다짐을 받은 것이었다. 결혼 후에도 이 다짐이 지켜졌다는 데 은근히 자부심을 가졌다. 달맞이꽃을 향해 다시 한번 '미안해!' 하며 무심코 하늘을 보자, '괜찮아!' 보름달이 나를 위로하듯이 빙긋이 웃고 있었다.

3

종묘사 앞 BMW

'가는 날이 장날'이라는 속담을 어제, 난생처음 겪었다. 아침을 먹으며 "오늘 모종 사러 갑시다."라고 아내가 명령하자, 꼼짝없이 BMW 운전석에 앉아 읍내로 모셨다. 그런데, 하필이면 장날이어서 차를 종묘사 앞에 주차할 수 없었다. 끝자리가 3일과 8일인 날에 열리는 '장날'을 깜빡 잊은 대가였다. 오전 장임에도 길 양쪽에는 각종 채소와 어물, 어묵, 호떡, 찐빵, 도넛, 신발, 옷, 그릇, 농기구 파는 장꾼이 진을 치고 있었다. 게다가 어른들은 장 본 물건을 담은 비닐봉지를 양손에 들고, 아이들은 각기 붕어빵, 찐빵, 어묵을 먹으며 부모 뒤를 종종걸음으로 따라가느라 장터 초입부터 끝까지 줄지어 있었다. 나는 조심스레 운전대를 잡고 장터 끝을 오가며 종묘사 부근에 주차를 시도했지만 결국 장터를 벗어나고 말았다. 외곽에 있는 주차장으로 가도 마찬가지였다. 입구부터 차가 막혀 아예 진입조차 어려웠다.

"이거, 원! 촌구석에 뭔 차가 이리도 많아?"

"여기 출신인 당신이 그런 말 다 해요?"

"뭐? 고향 땅에 몇 년 만에 돌아왔는지 몰라서 그래? 짐작은 했지만 이렇게 차가 많을 줄 몰랐네."

"당신 같은 백수도 외제 차 타는 판국인데, 시골 사람이라고 걸어 다니란 법이 있어요?"

"지금, 난데없이 백수 타령이 당신 입에서 왜 나와? 내 염장 지르려고 작심한 거야? 종묘사 볼일은 무싯날에 와야 빨리 보는 것도 모르면서!"

"오늘이 장날인 줄 깜빡했고, 오전부터 이리 복잡한 줄 몰랐잖아요. 이왕지사 이렇게 왔으니, 모종은 내일 사고 오늘은 장 구경이나 하다 갑시다."

"지금, 장 구경이 문제야? 주차 자체를 할 수 없잖아. 시골에 살려고 왔으면 농사 욕심만 부릴 게 아니라, 시골 정서도 좀 배우라고."

"뭐예요? 내가 시골에 대해 모르는 게 뭐예요?"

"농사만 잘 짓는다고 농부가 아니야. 서울 경조 쓰며 이웃분에게 쌀쌀맞게 말하지 말고, 늘 얼굴에 웃음기 띄워 수더분하게 대하라 말이야."

"또, 먹을 게 생기면 나눠주고, 힘들고 어려운 일이 생기면 겸손하게 사정도 하고 말이야. 촌에 살려면 이웃 간에 서로 돕고 봉사해야 진정한 시골살이야."

"흥? 외제 차 타고 촌에서 으스대는 게 누군데?"
"아니, 내가 언제?"

아내는 할 말이 많은 듯했지만, 나는 단호하게 말문을 닫고 앞만 보았다. 서울살이를 청산하고 시골 고향집으로 내려온 건 전적으로 아내의 강요 때문이었다. 서울 도심에 있는 직장에 30여 년 넘게 근무하다 퇴직하자, 나는 일에 한이 맺혔다는 듯이 나태해졌다. 매일 거실 소파에서 TV 리모컨을 손에서 놓지 않고, 채널을 돌려가며 좋아하는 영상을 보았다. 새로운 일자리를 찾기는커녕 아파트 공원에도 나가지 않았다. 이런 나에게 아내의 잔소리 강도는 나날이 더 심해졌고, 내 뱃살은 점점 더 불룩해졌다. 어느 날, 아내가 '거실 청소 좀 해요.'라고 시작된 잔소리에 내가 못 참겠다는 듯이 대들었다. 아내도 눈을 똑바로 뜨고 '적반하장도 유분수지!'라 소리 지르더니, 이튿날 어머니 홀로 지내는 시골집으로 내려갔다. 열흘이 지나도 돌아오지 않자 나는 궁금하다는 듯이 중고차를 운전해 시골집으로 갔다.

어머니는 반가워서 내 손을 꼭 잡고 눈물까지 흘리셨다. 아내도 흙 묻은 장갑을 벗으며 '웬일이야!'라며 반가워했다. 집안과 마당, 텃밭을 둘러보니 예전과 다르게 보여 고개를 갸웃하자, 어머니가 내 앞으로 나섰다.

"나는 날마다 허리가 아파서 텃밭에서 풀 몇 개만 겨우 뽑았고, 며느리가 여기에 내려오자마자 장에 가서 영산홍이며 작약, 산다래, 블루베리 모종을 사 와서 저기 담 밑 화단에 정성으로 심어놔, 이제는 저리도 꽃이 활짝 피어 집이 환하다. 게다가 새벽마다 텃밭으로 나가, 풀을 매니 옥수수와 고추 모종이 저리도 푸르게 자리 잡고 있잖니! 이 모두 서울 며느리가 부지런 떤 결과물이다."

 어머니가 내 손을 꼭 쥐고 아내를 칭찬했다. 내가 어이없는 표정으로 멍하니 있자, 아내가 만세 부르듯이 두 팔을 번쩍 들었다. 이어 내 손목을 잡고 화단으로 데려가 꽃을 만지며 하나하나 이름을 말했다. 또, 대문 밖의 텃밭으로 들어가더니, 무릎 높이의 옥수수를 어루만지며 활짝 웃었다. 나는 "이게 다 무슨 일이야!"라며 고개를 주억거리며 아내를 보았다. 예전, 아버님 생존해 계시고, 어머님 팔팔하실 때 아내는 시댁 자체를 두려워했고 찾지를 않았다. 명절 때도 부엌에만 있었고, 거실에 앉아 TV를 같이 시청도 하지 않았다. 아내는 서울로 돌아가는 길에 시부모의 검게 탄 얼굴과 깊게 팬 주름에 대해 꼭 언급했다.

 "밭에 일할 때 차광 모자를 쓰고 선크림을 바르지, 저 얼굴이 뭐예요?"

 "잘 한다. 시부모님 뒷전에서 그렇게 구시렁거리지 말고, 모자와 크림을 사주고 그런 말 해야 하는 것 아니야?"

 "그걸 사주면 두 분은 아깝다며 농 안에 넣어 둘 분이라고요."

 "한 번이라도 선물하고 나서 그런 말 해."

 "하이코, 됐어요."

 시골에 사는 시부모, 농사, 화단의 꽃조차 무관심으로 일관했던 아내가 달라진 건 팔순을 앞두고 갑자기 아버님이 작고한 후였다. 아내는 한 달에 몇 번씩 홀로 지내는 시어머니를 뵈려 시골에 내려갔다가 며칠씩 지내다 돌아왔다.

"어머니가 텃밭 못지않게 화단의 꽃에 신경 쓰는 게 신기해요."
"옛날에도 우리 동네에 마당 가에 화단이 있는 집은 우리 집뿐이었어."
"그랬다 하더라고요."
"우리 집에만 있는 게 또 하나 있었지."
"뭔 데요?"
"당신 남편이지 뭐야?"
"훙, 그 잘난 대학 나왔다는 거?"
"이거 왜 이래? 우리 마을 최초로 서울에 있는 대학에 입학하고 졸업해, 우리나라 30대 그룹에 드는 대기업에 유일하게 다녔잖아?"
"그건 인정해요. 그런데 좀 있으면 정년퇴직인데, 그 후 뭐 할 거예요?"
"30여 년 넘게 뼈 빠지게 일만 했으니, 이제는 좀 편히 쉬어야지."
"훙, 진짜 인생은 60부터라는 말, 듣지도 못했나 보지."
"듣기야 했지만, 난 좀 뒹굴뒹굴하며 놀 거야."

어머니는 팔순이 넘자 하루가 다르게 쇠약해지셨다. 아내가 매일 세 번씩 전화로 안부와 건강 체크를 하다가, 결국 시골로 내려가 생활했다. 가끔 반찬을 해서 서울에 오면, 나는 죄지은 듯 아내에게 물었다.
"나도 아예 고향 집에 내려가서 살까?"

"당신이 가면 텃밭의 풀 하나 뽑아요? 반찬 하나 해요?"

아내 없는 아파트에서 나는 내 세상인 양, 종일 채널을 돌리며 TV를 보는 게 전부였다. 어쩌다 아파트 주위를 한 바퀴 걷고, 마트에 들러 내가 좋아하는 고기와 채소를 사 와, 요리해 딸과 아들의 점수를 땄다. 이런 생활로 일 년이 지날 즈음 어머니는 결국 지병으로 아버지 곁으로 가시고 말았다. 아내는 다시 서울로 올라왔지만, 비어 있는 시골집과 화단의 꽃, 텃밭의 농작물 걱정을 자나 깨나 늘어놓았다. 아들이 대학에 진학하자, 아내는 결심했다는 듯이 '가족회의'를 하자고 식구들을 모았다. 거실에 모인 네 식구는 모두 아내를 가장으로 여겼다. 직장에 다니는 딸에게 대학생인 남동생의 식사와 빨래를 책임질 수 있냐? 물었고, 대학에 진학한 아들에게는 술, 담배를 안 하고 누나 말을 잘 듣겠냐? 라고 물었다.

나에게는 단호하게 시골집으로 내려가 살자고 했다. 나는 애들과 달리 금방 답을 안 하고 뭉그적거리다가 마치 오랫동안 생각해 두었다는 듯이 답했다.

"두 가지 조건 전제하에 당신 의견 따르지."

"좋아, 뭔데요?"

아내는 아니꼽다는 듯이 노려보며 물었다.

"먼저, 내가 구상한 시골집 집수리에 동의하고 따를 것."

"좋아, 또 하나는?"

"외제 차 사줄 것."

"하이코, 고장 한 번 안 난 저 멀쩡한 차는 어떻게 하고?"

"팔면 되지. 명색이 서울에 있는 대학 나오고, 대기업 본사에 근무하다가 정년퇴직해서 고향으로 내려가 사는데, 외제 차 정도는 타고 다녀야 명분이 서는 것 아니야?"

"명분? 좋아요. 중고차 한 대 삽시다."

"중고? 이왕이면 새 차 뽑지, 뭔 중고?"

"새 차는 1억이 넘잖아요. 촌사람들이 새 차인지, 중고인지 어떻게 알아요?"

"뭐, 촌사람? 시골에 사려면 그런 차별성 말부터 바꾸어야 해."

"좋아요. 1년 넘지 않은 BMW."

"오케이!"

시골에 내려와 내가 가장 먼저 한 일은 친구들에게 신고식을 하는 거였다. 동네별로 다니며 고향을 지켜 온 친구들에게 술을 사고, 밥 한 끼씩 대접했다. 이때마다 부탁한 게 집수리에 대한 정보를 듣는 거였다. 몇몇 친구는 부모님 손때가 묻은 집에 그냥 살지, 돈 들여 고치지 말라고 충고했지만, 나는 고개를 저었다. 결국 젊은 업자를 소개받아, 고향집에 내려온 지 한 달 만에 드디어 집수리를 시작했다. 젊은 업자와 인부들은 처음 본 공구로 낡은 벽체와 바닥, 문틀을 뜯어내고, 새 자재로 새집처럼 맞추어 나갔다. 공사 시작한 지 불과 한 달 만에, 허름하고 눅눅했던 집이 전혀 다른 모습으로 변모했다. 나는 만족해서 히죽히죽 웃었지만, 아내는 젊은 업자에게 공사비를 주며 '좀 깎아줘요!'라고 우는소리를 했다. 업자는 마당의 외제 차를 힐끔 보더니 웃으며 말했다.

"아이고, 사모님!. 이 동네에서 제일 부자이신데, 이 정도 수리

비는 깨놓고 말해 껌값이 아니에요?"

업자가 나에게 눈을 찡긋하며 아부성 발언을 했다. 나는 이튿날부터 아침 먹고 나면 BMW를 끌고, 고향의 명승지를 찾아다녔다. 맑은 물이 굽이치는 강줄기가 한눈에 보이는 정자, 파도 소리와 명사십리 백사장이 펼쳐진 해수욕장의 카페, 정원을 잘 꾸며놓은 친구 집을 찾아가 나름 멋을 추구했다. 그러나 날이 갈수록 이런 나의 행태를 한심하게 바라보는 아내의 눈길에 죄지은 놈처럼 주눅 들었다. 아내는 서울말을 쓰는 농부로 제2의 인생을 사는데, 나는 언제까지 이렇게 맥 빠진 삶으로 살아야 할지 몰랐다. 매일 자괴감에 빠져 사는 낙이 없었지만, 운전할 때만은 달랐다. 시동 걸어 시골길을 달리면 차에서 아무 소리 들리지 않았고, 스피커에서 나오는 재즈 연주가 내 기분을 상쾌하게 했다.

나와 달리 아내는 마치 농부가 제격이라는 듯이 새벽 4시만 되면 텃밭으로 나갔다.

"청승맞게 새벽마다 뭔 일이야?"

"뭔 관심?"

"이러는 당신을 볼 때마다, 내 마음인들 편하겠어?"

"하이코, 별일이야."

"농사의 농자도 모르면서 왜 새벽마다 밭에 나가냐고?"

"새벽에 일하면 햇살에 얼굴 안 타잖아."

"겨우, 그 이유였어?"

나는 겉으로 아내에게 빈정거리듯이 대했지만, 속으로는 고마웠다. 젊었을 때는 두 아이 키우느라 혼이 빠진 듯 바쁘게 지냈고,

나이 들어서는 시골에 사는 시부모에게 신경 쓰느라 제 몸 가꿀 여유가 없었다. 이젠 아예 시골 아낙이 되어 텃밭의 농작물과 화단의 화초 가꾸기에 정성을 다하는 모습이 보기 좋았다. 그러나, 아직 이웃 주민과 교류가 없고, 동네 부녀회에 가입 없이 울타리 밖으로 나가지 않았다. 대신 보름마다 텃밭에서 기른 농작물로 밑반찬을 만들어 딸과 아들이 사는 서울의 아파트로 갔다. 이때마다 나는 아내의 충직한 기사가 되었고, 딸과 아들에게 듬직한 가장의 면모를 보여주었다.

이렇듯 무난하게 시골 생활에 익숙해졌지만, 헛걸음친 장날 이틀날, 종묘사에서 모종을 사는 과정에서 아내와 크게 싸우게 되었다. 나는 시골 출신의 가장이고, 아내는 서울 출신인데 날이 갈수록 텃밭 농사, 담 밑의 화단 가꾸기, 두 집 살림에 대한 입김이 달라졌다. 특히 농사에 대해서 내가 관여라도 할라치면 맹렬하게 대드는 개처럼 나를 쫓아냈다. 장날 탓에 헛걸음친 이튿날, 아침을 먹으며 아내에게 물었다.

"어제 못 산 모종 사러 장터로 갈 거야?"

아내는 즉답을 피하고 내 얼굴을 빤히 쳐다보더니, 싱크대 위의 커피머신으로 가서 커피 두 잔을 뽑아 왔다.

"오늘은 장날이 아니니, 모종 사러 천천히 나가보자고."

"그래요, 점심 먹고 천천히 나가요."

"오늘은 무슨 모종 사려고?"

"매대에 나와 있는 걸 보고 사지 뭐."

"아니, 뭘 살지도 모르고 가는 거야?"

"내가 달력이나 날씨 보고 어떤 농작물을 심을지 알 정도의 농부는 아직 아니잖아. 그렇다고 당신은 알아?"

"뭐?"

나는 입을 꾹 다물고 마당으로 나왔다. 담 옆의 주차장을 향해 BMW의 시동 키를 누르자, 부드러운 엔진 소리가 나를 기분 좋게 했다. 차 문을 열고 핸들을 잡는데, 아내가 옆자리에 탔다. 읍내로 가는 내내 아내와 대화가 없었고, 차창에 보이는 정경은 매일 보는 그대로였다. 어제와 달리 종묘사 앞에 주차 공간이 있었다. 차를 대고 시동을 끄자, 아내가 내리고 종묘사 주인이 나왔다. 아내가 매대 위에 있는 모종을 둘러보며 서울 말씨로 물었다.

"이 모종 전부 요새 심는 거예요?"

"그럼요."

"이 모종은 뭐예요?"

아내가 묻자, 주인은 어이없다는 듯이 아내와 나를 보더니 말했다.

"여기서부터 옥수수, 가지, 고추, 양배추, 땅콩."

"어머, 땅콩도 있어요?"

"그럼요."

"그럼, 감자는요?"

"감자는 벌써 헌 달 진에 심이, 싹이 디 니왔는데 그것도 몰랐단 말이야?"

내가 핀잔주듯이 옆에서 말하자, 아내가 매의 눈을 하고 나를 노려보았다. 나는 '아차!' 싶어 입을 다물고 매대 위에 있는 여러 개의 육묘 상자를 다시 보았다. '이 많은 모종을 키우기 위해 얼마나 애를 썼을까?'라는 생각이 들자, 사장이 멋있게 보였다.

"이 채소들 씨는 언제 심었어요?"

"예, 하우스에 2월부터 심었죠."

"밤에는 기온이 내려갈 텐데?"

"그래서, 저희 하우스엔 모종판 밑에 전기 열판이 있어요."

"정말 예전에는 생각도 못했던 걸 정성과 부지런으로 이렇게 키웠네요."

"예, 그렇다고 봐야지요."

"우리 부모님 때는 밭에 모종이 아니라 씨를 뿌려 키웠는데."

"예전에는 모든 농사를 그렇게 지었지요. 모종 농사로 변한 건 얼마 되지 않지요."

사장이 내 BMW를 힐끔 보며, 친절하게 말했다. 아내는 사장과 내가 주고받는 말을 건성으로 듣다, 난데없이 엉뚱한 모종을 찾았다.

"사장님, 이 종묘사에는 아스파라거스 모종은 없어요?"

"예? 그건 찾는 분이 없어 저희 가게는 취급 안 해요."

"스테이크 한 조각 입에 넣고, 아스파라거스를 곁들여 씹으면 쌉쓰름하며 담백한 맛이 어우러지는데, 그게 왜 없죠?"

나는 순간 당황해 사장을 보았다. 그도 썩은 고구마를 씹은 표정을 지었지만 화내지는 않았다.

"사장님, 청크상추도 심고 싶은데, 구할 수 있어요?"

사장은 '이 아주머니가 나를 놀리나?'라 듯이 어처구니없는 표정을 짓더니, 가게 안으로 들어가려 하자, 아내가 큰 소리로 말했다.

"아니, 사장님 어디 가세요? 여기 매대에 있는 옥수수, 가지, 고추, 양배추, 땅콩 모두 두 판씩 주세요."

"당신, 뭐 하는 거야"

화난 표정을 지으며 내가 아내를 다그치자, 아내가 더 큰 소리로 대꾸했다.

"모종 사지 뭐 해?"

"매대에 있는 모종 중에 밭에 심을 것만 사면 되지, 왜 모두 사냐고? 또, 이 가게에 없는 아스파라거스와 청크상추를 왜 찾아?"

"흥, 농사는 누가 짓는데? 무슨 모종을 얼마나 사든 당신이 뭔 상관이야?"

"정말 이럴 거야?"

"세 끼 밥 먹고 하는 일은 BMW 운전대 잡고 동네 몇 바퀴 돌다가, 마당 가에서 세차밖에 안 하면서, 내가 무슨 모종을 사든 웬 관심?"

"뭐야? 장터에서 이렇게 남편 무안 줘도 되는 거야?"

"당신이 먼저 내 감정을 자극했잖아."

"단지, 내가 어렸을 때 농사지어 제일 먼저 먹었던, 하지 지나 캤던 감자가 생각이 나서 말했을 뿐이라고."

"나도 남산 레스토랑에서 스테이크 먹을 때가 생각나 물었을 뿐이라고."

"계속 말대꾸할 거야?"

내가 눈을 부라리며 노려보자, 아내도 막 나갔다.

"하이코, 사람 치겠네?"

"뭐야?"

나는 정말 아내를 때리려는 듯 손을 들썩거렸다. 마침, 종묘사 사장이 '아침부터 남의 가게 앞에 외제 차 세워놓고, 부부 싸움하는 별 희한한 손님이 다 있네!'라고 여기며 매대 앞에 섰다. 나는 얼굴이 벌게져 차 안으로 들어가 핸들에 얼굴을 묻고 미동도 안 했다. 언뜻 차창 밖을 보자, 종묘사 사장이 검은 봉지에 모종 두 판씩을 넣어 아내에게 주었다.

"트렁크 문 열어요!"

아내가 트렁크를 '탁, 탁!' 치며 소리쳤다. 나는 못 들은 척 가만히 있었다. 아내가 차 문을 열려 하자, 나도 모르게 잠금장치를 눌렀다. 아내는 기가 막힌 지 차바퀴를 발로 차며 소리 질렀다.

"문 열어!"

나는 문 여는 대신 시동 버튼을 눌렀다. 무의식중에 액셀러레이터를 지그시 밟자, 차가 앞으로 나갔다. 아내가 뒤에서 뭐라 소리소리 지르고 있었지만, 무시하고 '하늘 같은 서방을 이렇게 무시해도 되는 거야?'라고 중얼거렸다. 백미러에 화가 난 아내 모습과 어이없는 표정을 짓는 종묘사 사장이 잠깐 보였지만 곧 사라졌다.

얼마쯤 가다 보니, 차창 옆으로 다리 난간과 조용히 흐르는 강이 보였다. 한참 더 가자, 기찻길 옆 해변에 파도가 쉼 없이 밀려와 흰 거품을 내며 철석이고 있었다. 먼바다에는 화물을 선적한 선박이 항해 중이었다. 좌회전을 하자, 언덕길 양쪽에 아파트 단지가 보이고 시가지가 나타났다. 백화점 같은 커다란 마트가 보이자, 화가 난 아내의 모습이 떠올랐다. '뭘 사야지!'라는 생각도 없이 마트 주차장으로 들어갔다. 3층 주차장 입구에 만차라는 표시가 보여 4층 주차장으로 올라갔다. 빈 주차 칸에 빠르게 차를 세우고 매장으로 내려가는 엘리베이터에 올라탔다. 1층까지 내려가 멈추자, 얼른 내렸더니 생활용품 판매장이 눈앞에 나타났다. 생선, 육류, 과일, 쌀, 주류, 과자 등 온갖 식료품과 샴푸, 비누, 휴지, 치약 등 생활용품들이 진열되어 있었다.

막상 많은 물품을 대하자, 무엇을 살지 막막했다. '일단 아이쇼핑이나 하자'라며 두리번거리며 걷는데, 핸드폰 신호음이 들렸다. 아내 전화라 지레짐작하고 안 받자 계속 신호음 소리가 들렸다. 나는 일부러 뭉그적거리며 통화 버튼을 누르자 아내가 아니라, 분당에 사는 친구의 화난 목소리가 들렸다.

"왜 이리 늦게 전화받는 거야?"

"웬일이야?"

"시골에 가더니, 귀가 먹어 노인네가 다 됐네!"

최강식도 나처럼 정년퇴직하고 두 딸을 시집보내고, 아내와 둘이 살고 있었다. 나는 일러주는 아이처럼 강식에게 오늘 종묘사에서 있었던 일을 과장해 말했다. 그는 의외로 내 편이 아니라 아내 편을 들었다.

"이 친구야, 밥이라도 얻어먹으려면 빨리 종묘사로 돌아가. 어쩌려고 그래?"

"어쭈? 난 화풀이 삼아 말했더니, 마누라 편을 드네?"
"시골에 사나, 서울에 사나 이젠 다들 와이프 말 잘 듣는 세상이야."
"자네도 그래?"
"그럼. 벌써 3일째 와이프 심부름으로 백화점에 왔다."
"천당 밑 분당에 사시는 사람이 웬일이야?"
"천당이 아니고 지옥이다, 지옥."
"아니, 친구 중에 가장 세련되고 어여쁜 마나님과 단둘이 사는 분이 뭔 소리?"
"그게, 전부 아득한 옛날에 잠깐 있었던 것에 불과한 이야기다."
"그래도 우리 친구 중에 가장 금실이 좋은 부부라 정평이 났었 잖아?"
"참, 나! 그게 다 옛날이라고."
"그래, 오늘은 뭔 일이야?"
"하도 울화통이 터져 자네한테 그냥 전화 한 겨."
"잠깐!"

나는 마트에 있는 카페로 들어갔다. 강식은 전화를 끄지 않고 나를 기다리고 있었다.

"뭔 일로 싸웠어?"
"속상해 못 살겠다. 나도 자네처럼 시골로 이사 가서 혼자 살고 싶다."
"무슨 소리야? 농사의 농자도 모르는 서울 양반이 뭔 시골?"
"그저께 아침 먹으면서 와이프가 카드를 나에게 주면서 말하길

'오늘 친구들과 골프 약속이 있으니, 당신은 백화점에 가서 한우 프리미엄 세트 한 박스 사 오세요.'라 하는 거야. 할 일도 없는 백수 처지에 아이쇼핑도 할 겸, 백화점에 가서 소고기를 사 왔어. 그런데 저녁때 돌아온 와이프가 한우 박스 포장을 벗기면서 잔소리하는 거야. "아니, 이게 뭐야? 마블링이 촘촘하지 않고, 비게 기름이 너무 많잖아!"라며 나를 노려보는 거야. 이 일로 한바탕 싸웠는데, 어저께 아침에 또, 심부름시키는 거야. 친정 조부님 제사에 가져갈 '영광굴비'를 사 오라는 거야. 사 오면 잔소리할 게 뻔한데, 안 간다고 버텼더니, 손가락 걸며 약속하길래 할 수 없이 백화점 매장에 갔어. 첫눈에도 실한 크기에 눈알도 제대로 박혀있고, 고급스러운 박스에 담겨있어 얼른 샀지. 그런데, 그 옆으로 '흑산도 홍어'가 있는 거야. 순간, 자네가 시골 내려가기 전에 분당 먹자골목에서 만나, '흑산도 홍어 전문점'에서 밤늦도록 콤코무리한 홍어를 안주로 소주 마셨던 그날이 생각나서, 나도 모르게 그만 홍어도 사가지고 와, 굴비와 같이 냉장고에 넣어버렸어. 그런데, 와이프가 냉장고 문을 열다가 '이 썩은 냄새가 뭐예요?'라며 인상 쓰며 소리치고는 그 귀한 홍어를 베란다 바닥에 메치는 거야. 친구야, 이 나이에 내가 이렇게 산다."

"나도 그렇게 산다. 이젠 여자가 남자 위에 있는 세상이잖아."

"그래. 그렇지만 친구야, 우리는 밤늦게끼지 소주 마시며, 여자들은 입에 못 대는 콤코무리한 홍어와 홍어애탕을 먹었던 추억이 있잖아."

"맞아, 현실은 야박해도 추억만으로 살아도 되잖아."

"그래, 우리 앞으로 한 달에 한 번씩 만나, 지난 추억을 주고받자."

"정말? 이왕이면 분당 먹자골목에서 홍어애탕을 먹으며 푹 삭은 추억을 나누자."

"그래, 진한 홍어애탕."

강식은 친구 중, 처가 덕을 가장 많이 보았다. 젊었을 때부터 다들 부러워하는 직장, 아이가 태어나기 전에 모두 꿈에 그리던 넓은 아파트도 처가에서 사주었던 터였다.

"참, 자네도 외제 차 샀다며?"

"외제는? 중고차야."

"시골에 중고 외제 차라도 몇 대 있겠나?"

"무슨 소리? 이젠 시골이나 서울이나 별 차이 없어."

"그래? 참, 오늘은 뭐 사려고 마트에 갔나?"

"응, 아무래도 아내 심기를 건드렸으니, 사죄 의미로 와인 한 병 사러 왔어."

"그래, 생각 잘했다. 나도 자네 말 들으니, '발렌타인 30년 위스키' 사 가서, 화해 의미로 한잔해야겠다."

최강식이 전화를 끊자, 갑자기 '이 마트에 왜 왔지?'라 자문했다. 나는 강식에게 그냥 말해버린 와인을 정말 사야겠다며 식품점 쪽으로 갔다. 이곳도 거의 다 여성 고객들로 붐볐다. 소고기, 돼지고기, 닭고기, 칠면조를 지나, 만두, 빵, 도넛과 사과, 배, 복숭아, 바나나, 오렌지를 지나, 온갖 과자류와 통조림 앞을 지나니 맥주와 위스키, 와인이 보였다. 와인 앞에 서니 레드와인, 화이트와인이 수십 병이 진열장을 장식하고 있었다. 병 속의 맛은 짐작이 안 가고 가격이 적힌 로고만 보였다. 이 중 손길이 닿는 와인 한 병을 뽑아 옆구리에 끼고, 온갖 안주가 진열된 곳으로 가서 땅콩과 명태포를 골랐다.

계산대에 서자, 여직원이 '겨우 이것만 사려고 왔냐?'라 노려보는 거 같았다. 얼른 카드 결제하고 주차장으로 올라가는 엘리베이터에 탔다. 내 뒤로 온갖 물품이 그득한 쇼핑카트를 밀며 여성 고객이 들어왔다. 그녀는 내가 들고 있는 와인과 안주를 힐끔거렸고, 나는 내 몸을 압박하는 카트에 불룩한 배로 밀었다. 하필이면 이때, 또다시 핸드폰이 울렸다. 나는 좁은 두 손에 와인 한 병과 안주를 들었다는 핑계로 통화 버튼을 누르지 않았다. 그녀는 눈총을 계속 쏘아댔지만 관여치 않았다. 엘리베이터가 서자, 나는 일부러 천천히 내려 애마 BMW로 가서 올라탔다. 그녀도 자기 차로 가서 쇼핑카트에서 물품을 꺼내, 차 뒷좌석으로 옮기다 나와 내 차를 힐끔거렸다. 그녀가 시야에서 떠나자 나는 핸드폰의 통화 버튼을 눌렀다.

전화는 최강식이 다시 걸었다. 그는 발렌타인 위스키를 샀다고 말했고, 나는 와인을 샀다고 했다. 전화를 끊자, 갑자기 죄지은 것처럼 아내의 번호를 눌렀다. 그런데, 차 안에서 귀에 익숙한 신호음이 반복해서 들려, 차 안을 둘러보니 옆좌석 바닥에 아내의 핸드백이 보였다. 종묘사 매대 앞에 아내 홀로 놔두고, 도둑놈처럼 냅다 도망쳤으니, 금쪽같이 여기던 백과 핸드폰도 차 안에 있는 게 당연했다. 나는 어둠침침한 마트 주차장에서 차를 운전해 밖으로 나왔다. 밝은 주차장보다 훤했고, 서산에 황혼이 붉게 물들고 있었다. 넓고 한적한 도로로 나오자, 겁이 나서 아내가 있는 집으로 갈 수 없었다. 무심하게 앞차 뒤를 따라가다 보니 너른 백사장과 파도가 있는 바다가 보였다. 이어 해변 소나무 숲이 보이고, 널찍한 주차장과 각양각색의 전등이 켜진 해변 상가가 있었다.

주차장 입구에 있는 '해변카센터'로 '잘 됐다!'라는 듯이 들어갔다. 서울에서 고향으로 내려왔을 때, 외제 차 탈 정도로 성공했다는 자부심을 인정받고 싶었다. 그러나 일가친척은 물론 친구, 이웃 모두 누구 하나 내 차에 신경을 쓰지 않았다. 처음에는 '무식'으로 그들을 치부했지만, 외제 차가 고향에서 더 이상 자랑거리가 아니었다. 그 이유를 몰랐는데, 의외로 카센터 사장이 말해주었다. 그 역시 내 차를 보고도 "좋은 차 타시네요."라는 말을 안 하고, "어디에 이상이 있습니까?"라 물었다. 나는 짧게 '엔진오일'이라 말하자, 그는 능숙하게 윤활유 교환 작업을 시작했다. 카드 결제를 하며 지나가는 말로 "여긴 외제 차가 이상하게 많이 보이네요?"라 물었다. 그는 망설임 없이 말했다.

"저기 온천 골에 있는 실버타운 때문이지요."

"아니, 실버타운과 외제 차와 무슨 상관이 있어요?"

"허, 모르시네요. 여기 실버타운은 전국적으로 A급 클라스로 알려져 있어요."

"실버타운은 서울과 대도시마다 있고, 전국에 풍광 좋은 곳마다 있는데, 여기 있는 실버타운이 왜 A급이요?"

"여기는요, 끊임없이 나오는 온천수가 있고 또, 넓고 시원한 바다가 코 앞에 있고, 노인들도 쉽게 오를 수 있는 계곡과 폭포도 한 시간이면 갈 수 있잖아요. 거기에다 마음껏 칠 수 있는 골프장이 있고, 실버타운 안에는 노래, 그림, 춤, 각종 운동 등 취미 생활을 할 수 있는 시설이 있고, 연말에는 시민 대상으로 무대 공연도 해요. 무엇보다 식당의 요리가 다양하고 맛있다고 알려졌어요."

"그래요? 그런데 실버타운과 외제 차와 무슨 상관이 있어요?"

"에이, 여기 회원 자제분들이 면회하러 올 때, 거의 다 외제 차 타고 와요. 마치 비싼 차 타고 와야, 부모나 자신의 권위가 상승하는 것처럼요."

"설마요?"

카센터 사장은 마치 실버타운 홍보위원처럼 말했다. 나는 사장 말의 사실 여부를 확인하겠다는 듯이 엔진오일 교체 작업이 끝나자, 시동을 걸고 실버타운으로 향했다. 얼마 가지 않아 소나무 숲 속에서 클라리넷 연주 소리가 들렸다. 조명등으로 밝혀진 정자에서 백발의 노신사 한 분이 클라리넷을 불고, 세련된 투피스를 입은 세 할머니가 춤을 추고 있었다. 첫눈에도 시골 할머니 춤이 아니고, 뮤지컬 무대에서나 볼 수 있는 춤이었다. 나는 숲 입구에 차를 세우고, 정자 앞에 있는 봉고차 앞으로 엉기적거리며 다가갔다. 봉고차 옆면에 '무릉온천실버타운'이라 적혀있었다. 첫눈에 네 분 무두 실버타운 히원이라는 것을 알아챘다. 차 안에 있던 기사가 문을 열며 나에게 불쑥 물었다.

"누구 찾으세요?"

"아니요. 여기 앞을 지나다가 클라리넷 연주 소리 들려서 와봤어요."

"춤이나 악기 불 줄 아세요?"

"아니에요. 난 그저 클라리넷 소리가 나길래 구경 왔을 뿐이에요. 그런데, 저기 여자분은 세 분인데, 남자분은 왜 혼자예요?"

"저기 두 할머니의 남편분은 등산 가셨고, 악기 부는 노신사는 분홍빛 옷을 입은 할머니의 남편분이죠."

"실버타운 회원분들 모두, 금실 좋기로 소문났던데 저 두 할머님 남편분은 왜?"

"허, 바로 맞히시네요. 실은 등산 간 두 박사님과 저기 두 할머님이 어젯밤에 공연 문제로 다투었나 봐요."

"아니, 금실 좋다는 실버타운 회원분이 왜?"

"연말에 열리는 뮤지컬 공연에 두 분이 도저히 못 하겠다며 선언하자, 저 두 할머님이 화가 나서 심하게 다투었데요."

"A급 실버타운 회원도 부부 사이에 갈등이 있네요."

"허, 요즈음 세상에는 아무리 출세하고, 나이 많아도 아내에게 반항하는 남편이 없는데, 두 박사분은 유별나다 봐야지요."

"허 참, 부부 싸움은 나이 들어도, 실력 있는 박사도 다 겪는 일이네요."

"이제, 아셨소? 박사뿐만 아니라 무식한 촌 늙은이도 할멈과 싸우면 바닷가에 가서 술병으로 나발 불며 홀로 화 삭이는 세상이잖아요. 혹시, 선생님도 오늘 사모님과 싸우셨는지요?"

"바로 맞혔소. 이 시간에 중년 사내가 홀로 차 끌고 바닷가로 나왔으면 다 부부 싸움했다고 봐야죠."

봉고차 기사가 미안하다는 듯이 차 문을 열고 들어갔다. 나는 아내와 싸운 이유를 털어놓으려 했는데, 기사가 멋대로 차 안으로 들어가자, 괜히 닫힌 문을 노려보았다. 마침, 클라리넷 연주하던 노신사가 엉기적거리며 걸어와 봉고차 문을 열려고 했다.

"어르신, 연주 잘 들었습니다."

"그래요?"

"예, 보통 솜씨가 아니던데요?"

"허, 이런 시골에서 내 클라리넷 연주 평을 다 듣다니 고맙소!"

"저도 고등학교 때, 밴드부에서 클라리넷을 불었거든요. 고3 때 대학입시 공부하느라 중단했고, 직장 퇴직 후에 다시 배우려는 꿈을 갖고 있습니다."

"그래요? 배우는 데, 나이가 소용없어요."

"그건 그렇지만 아내가 먼저 악기를 사는 것부터 반대하는 데다, 집에서 연습하는 걸 절대 반대하는지라 엄두도 못 내고 있어요."

"맞소. 나도 집에서 단 한 번도 연주하지 못했고, 친구 네 명과 연습실을 세내서 연습했지요"

"저기 두 할머니 남편분은 왜 등산을 가셨는지요?"

"두 박사분은 연주나 춤, 공연과 거리가 먼 학자 출신이라, 할머님 고집에 어쩔 수 없이 따르다, 몸이 안 따라주니 빠진 거지요."

"예, 저도 두 어르신 심정을 충분히 이해하겠네요. 늙어서도 아내 의견을 따르는 게 고통이지요."

"두 박사분이 오늘은 등산 핑계를 대고 빠졌지만, 공연 날짜가

정해지면 꼼짝없이 거리나 관광지, 요양원 등지를 다니며 입장권 홍보로 애먹을 거요."

"괜한 공연 때문에 고생이네요."

"그래요. 언제부터인지 몰라도 우리나라 부부는 거꾸로 되었지요. 예전에는 남편 말 한마디에 전 가족 벌벌 떨며 따랐는데, 이젠 아내가 최고잖아요."

"그럼요."

나는 동의하는 것처럼 말했으나 내심, 겁이 나기 시작했다. 아니, 하늘 같은 아내를 장터거리에 내버려두고 혼자 차 타고 내빼다니! 아는 사람 하나 없는 장터에서 골짜기에 있는 집까지 어떻게 갔을까? 아니면 종묘사 앞에서 아직도 나를 기다리고 있는 게 아닐까? 설마? 아마도 종묘사 사장에게 돈을 꿔서 택시를 타고 집으로 갔겠지. 나는 고개를 저으며 '그 사장 심기를 건들었는데, 아내를 언제 봤다고, 돈을 꿔줘?' 나는 BMW에 올라타고도, 시동을 걸지 않았다. 쓸쓸하게 놓여 있는 아내의 핸드백을 집어 가슴에 한참 안았다가 옆 의자에 놓고 아내의 핸드폰을 꺼내어 최근 기록 버튼을 눌렀다. 내 핸드폰의 번호만이 찍혀 있을 뿐, 문자나 다른 사람의 번호는 없었다. 차창 밖으로 해는 서산에 완전히 졌고, 멀리 있는 집은 어둠 속에서 나를 애타게 기다리는 듯했다. 나는 BMW의 시동을 걸고 헤드라이트를 켠 채 집으로 향했다. 그런데 차는 평소와 다르게 경운기 속력으로 기어가고 있었다.

핸들을 잡은 손에 땀이 흥건했다. 집으로 가면 겪게 될 아내의 분노, 그리고 내가 저지른 치졸한 행동에 대한 부끄러움이 경운기 속력처럼 더디게 나아가는 차 안을 가득 채웠다.

4

칠순잔치

　지난 설날에 자식들이 나에게 숙제를 내주었다. 사지선다형도 아니고 둘 중 하나를 고르는 것이었다. '가을에 있을 아버지 생신날, 엄마와 함께 해외여행을 가든지, 아니면 호텔에서 칠순 잔치를 하든지!' 결정하라는 숙제였다. 몇 달째 이 궁리 저 궁리해도 정답이 떠오르지 않았다. 결정을 못 하고 뭉그적거리자, 여름휴가 때 큰딸이 와서 해외여행 비행기표나 호텔 식당 중 하나는 예약해야 한다며 턱 밑에서 채근했다.
　"네 어미가 관절염이 도져서 해외여행은 무리일 것 같다."
　"그럼, 간단하네요. 잔치하지요, 뭐."
　"그게, 그리 간단한 문제가 아니다."
　"뭐가요? 친지나 친구분께 식사 한 끼 대접하는 건데, 뭐가 어려워요?"

"글쎄, 그게 고추밭에 말뚝 박는 것처럼 그리 간단하지 않다니까?"

"참, 아버지도 1남 2녀 중 딸 둘과 사위 모두 학교 선생이고, 아들은 대기업 공장의 간부로 근무 중이니, 남들한테 꿀릴 게 하나 없고, 경비는 자식들이 다 댄다는데, 뭐가 그리 복잡해요?"

큰딸은 40대 선생답게 애비를 아이 야단치듯 다그쳤다. 내가 어미 관절염을 운운한 것은 핑계에 불과하고, 호텔 잔치를 해야 자식 농사 잘 지었다는 것을 은근히 과시해 보고 싶다는 속셈도 알고 있었다. 또, 미친년 널뛰듯 횡하니 비행기 타고 해외여행 가면, 애교 하나 없는 어미와 남들 발뒤꿈치를 급히 따라다니는 것밖에 더 되지 않겠냐. 그 경험은 환갑 때 제주도 여행으로 다 겪지 않았느냐? 또, 해외여행은 줄곧 걷는다는데, 중국은 넓고 동남아는 더워 칠순 노인에게는 고생길 아니냐? 하는 이유로 망설이고 있지 않으냐며 피식 웃기까지 했다.

그러나 잔치로 마음을 굳혔어도 즐겁거나 들뜨지 않았다. 그냥 훌쩍 일본 온천이나 사나흘 갔다 오면 간단하고 모양새도 나는데, 잔치라니! 가슴이 막막해 큰딸에게 여행으로 바꾸자고 몇 번이나 전화하고 싶었다. 지난 이월, 동갑계의 계수 조주배가 치른 칠순 잔치 때 생겼던 좋지 않은 기억 때문이었다. 당사자 이름 걸고 하는 잔치는 다 차려진 밥상 앞에 앉아 그저 음식이나 먹는 게 아니었다. 선거 출마자처럼 과거와 현재가 깡그리 드러나는 그런 자리였다. 관청에서 주도하는 행사도 끝나면 잘했니, 못했니 열이면 열, 다 다른 말로 투정하는데 개인이 주도했을 때는 그 뒷말이 오죽하겠는가.

　동갑 계원 중에 여태껏 잔치를 한 이는 겨우 조주배 하나뿐이었다. 열다섯 명은 부부가 일본이나 동남아 여행을 갔다 왔고, 아홉 명은 큰 식당에서 식구끼리 식사로 끝내버렸다. 그래, 까짓것, 행사 뒤에는 나라 임금도 욕먹는 판에, 내가 인격자도 아니고 박사도 아닌데, 욕 좀 먹지 뭐! 내 이름 걸고 잔치 한번 거나하게 하자! 여태껏 좁쌀처럼 옹졸하게 살고, 모난 돌에 정 맞듯 살아오느라 언제 한 번 큰소리 쳐봤던가. 자식들이 돈을 다 대주겠다는데 뭘 망설인단 말인가. 작심을 하자 한결 마음이 가벼워졌다.

　그러나 인사말과 노래 선정 때문에 또다시 골이 아팠다. 남 앞에 서본 것은 십수 년 전 직장에 다닐 때, QC 경진대회에서 한번 연단에서 발표한 것이 전부였다. 그때도 우황청심환까지 먹었으나 벌벌 떠느라 정신이 하나도 없지 않았는가. 게다가 얼마 전부터는 까마귀밥을 먹었는지, 냉장고 문을 열고서도 뭘 가지러 왔는지 까먹어, 한참 서 있는 게 다반사였다. 그럼, 개발새발 써서 돋보기 쓰고 읽어내려 가면 되지 않은가. 그런데 볼펜을 들고 내 생각을 종이에 써본 적이 단 한 번도 없는데 가능할까? 나는 정신이 맑아질 때까지 기다리기로 마음먹었다. 인사말도 문제지만 노래 선곡도 장난이 아니었다. 직장 다닐 때야, 동류들과 휩싸여 노래방이나 단란주점에 갖나 바친 논이 얼마인가. 오기택이나 박일남 노래는 물론 남진, 나훈아, 조용필 노래까지 섭렵했었다. 그런데, 그건 4·50대 이야기지 않은가. 퇴직한 후에는 노래방 근처에도 가보지 않았는데, 뭔 노래를 부르지? 내가 주인공이 아닌가. 점잖고, 의미 있고, 박자에 자신이 있는 걸 불러야지. 글쎄, 그 노래가 뭐냐고? 손주까지 있는 자리에 축축 늘어지는 옛날 노래보다 밝고 신선한 노래가 좋겠지. 그렇다고 '곤드레만드레'는 너무 심한 것 아니야?

나는 인사말 쓰는 것은 뒤로 미루고 자나 깨나 노래 선정에 들어갔다. 어느 날 아침, 신문을 보다가 나도 모르게 불쑥 오기택의 '우중의 여인'을 흥얼거렸다. 할멈이 대문 앞에 똥눈 강아지 흘기듯 쳐다보았다. 나는 그러는 할멈(손주가 태어난 후 나 혼자만의 별칭임)을 보자 노래할 기분이 싹 사라졌다. 화 난 듯이 문을 닫고 집을 나왔다. 할멈은 일 잘하고 싹싹하고 야무진데, 늙어가면서 남편 기분 하나를 못 맞춰주었다. 젊었을 때 단란주점 마담과 잠깐 바람을 피웠던 사실을 잊을 때도 됐건만, 수틀릴 때마다 그 사건을 끄집어냈다. 할멈은 상대의 약점을 잡으면 맹렬하게 공격하는 습성은 나이가 들수록 더 야무졌다.

착하기만 한 동생 내외를 갈라서게 만든 원인 제공자도 마누라였다. 어머니가 초기 치매에 걸렸을 때였다. 동생은 일주일에 한 번, 꼭 우리 집에 들러 어머니를 보고 갔다. 어머니는 둘째 아들이 오면 친정 오빠 대하듯 문을 꼭 닫고 속닥거렸다. 마누라는 시어머니가 도대체 무슨 꿍꿍이야? 틀림없이 자기 흉을 보고 있는 게 틀림없을 거라고, 입을 삐죽거리며 두 모자의 은밀한 대화에 민감했다.

"형수님, 이야기 좀 합시다."

몇 번을 그냥 가더니, 그날따라 결심한 듯 입술에 침까지 묻히며 동생이 형수를 불렀다. 마누라도 어디 한번 들어보자며 바짝 다가가 앉았다.

"좋아요, 뭔 말을 어머님하고 그렇게 했는지 들어나 봅시다."

"다른 말은 필요 없고, 형수! 왜 어머니 밥상에는 김이나 고기 반찬을 빼고 줘요?"

"어머니가 그래요? 난 그런 적 없어요."

"그럼 시방, 어머니가 나한테 거짓말했단 말이에요?"

"그럼, 서방님은 시방 내가 거짓말한다. 이거예요?"

내가 둘 사이에 끼어들 상황이 아닌 것 같았다. 허리가 꼬부라진 어머니는 식탁 의자를 싫어해 몇 년째 독상으로 식사 중이었다. 간혹 치매기가 보였지만 동생에게 맏며느리 욕을 할 정도는 아니었다. 그렇다고 동생에게 '너, 지금 형수에게 뭔 말버릇이야?'라고 야단칠 형편도 아니었다. 어머니가 반찬 투정을 하고 또, 그것 때문에 동생이 형수에게 따진다는 게 말이 안 되었다. 나는 이런 상황에 고개를 흔들다, 방 안으로 들어가 숨어버렸다. 마누라는 내가 안 보이자, 동생에게 대놓고 덤벼들었다.

"서방님이 어머님 말씀을 그렇게 잘 들으니, 앞으로 서방님이 어머님 모시면 되겠네!"

"예? 못 모실 줄 알아요?"

"아이쿠, 우리 송가 집안에 효자 나셨네!"

마누라가 이 기회를 노린 듯 동생을 자극하는 발언을 해버리자, 동생은 앞뒤 가리지 않고 행동을 앞세웠다. 어머니를 앞에 세우고, 농에서 속옷과 윗옷을 몇 벌 모아들고, 대문 밖으로 휭하니 나갔다. 마누라도 소리 지르며 뒤따라갔다.

"어머니, 나머지 짐은 택배로 보내 드릴게요."

마누라는 나를 힐끔 보더니 부엌으로 얼른 들어갔다. 나는 속이 터진다는 듯 하늘에 대고 소리 질렀다.

"잘되는 집안이다. 니들 멋대로 해라!"

나는 나대로 화가 머리끝까지 치밀어 올랐다. 어머니나 동생, 마누라 모두 귀신에 홀린 듯 왜 저러는 거야. 30년 동안 모셔 온 공적이 다 어디 가고, 이게 뭔 꼴인가. 누가 옳고, 그르다는 차원이 아니었다. 내가 삼시세끼를 집에서 다 먹는 백수가 된 후, 내 눈으로 매일 보지 않았던가. 내 손으로 식탁과 똑같은 반찬과 국을 올린 상을 들어 어머니 앞에 놓았다. 그런데, 어머니가 왜 동생에게 그런 말을? 아무리 치매 증세라도 이건 아니었다. 동생도 늘 조용하고 말이 없는 놈인데, 제 형수한테 그렇게 막 대하다니? 더 가관인 건 제수씨의 막말이었다. 눈동자가 희미한 어머니를 모시고 온 동생에게 제수는 기가 막힌 화살 같은 말을 쏟아부었다.

"당신이 저지른 짓이니, 당신이 모셔."

"그게 뭔 소리야. 우리도 자식인데, 한번 모셔 봅시다."

"그럼, 큰집 재산 중 어머니 몫을 달라고 해요. 그럼 모실게."

"모시기도 전에 재산 문제를 꺼내는 건, 좀 그렇잖아?"

"우리 집 꼴을 보라고! 방 두 칸에 하나는 고등학교 다니는 딸이 쓰고, 하나는 우리가 쓰는데, 손바닥만 한 아파트에 당신 엄마 지낼 방이 어디 있어? 게다가 맞벌이로 하루하루 근근이 사는데 뭔 재주로 모시냐고? 상속받은 텃밭을 팔든, 선산을 팔든, 방 세 칸에 화장실 두 개 있는 아파트 살 돈 갖고 오면 내 아무 소리 않고 모실게."

"시방 그게 말이 되는 소리야?"

"왜 안 돼?"

"우린 물려받은 재산 다 까먹었잖아."

"당신이 내 말 안 듣고 장사를 함 내, 하다 그리됐잖아. 못 사는 동생, 형이 도와주면 안 된다는 법이라도 있어?"

제수씨는 어머니가 듣든 말든 남편을 다그쳤고, 어머니는 나에게 전화를 해서 동생 집에서 살겠다며 덤덤하게 말했다. 그러나 동생네 아파트에서 쥐 죽은 듯이 사흘을 지내다, 집으로 간다며 나섰다가 뺑소니 차에 받히는 사고를 당했다. 어머니는 엉치뼈에 금이 가는 사고를 당해, 꼼짝 못 하고 병원에 누워 있었다. 얼마나 아픈지, 나를 보더니 엉엉 울었다. 우리 부부와 동생 부부는 죄지은 얼굴로 하루씩 번갈아 병원으로 가서 어머니를 돌보았다. 입원한 지 석 달 만에 어머니는 돌아가시고, 장사 지내는 내내 우리 집은 '콩가루 집안'이라고 온 동네에 소문이 났다. 마음 약한 동생은 술만 마셨다 하면 제수씨에게 손찌검하며 "니 년 땜에 우리 어머니가 돌아가셨다!"라며 주정을 했다. 제수씨는 견디다 못해 딸을 데리고 집을 나가버렸다. 동생도 술독에 파묻혀 지내더니 간다 온다 말없이 어디론가 떠나버렸다.

큰딸은 칠순 잔치 날이 다가오자 토요일마다 집으로 왔다. 제 어미의 한을 조금이라도 씻을 요량이었다. 마누라는 앉았다가 일어설 때마다 무릎과 허리의 통증에 앓는 소리를 냈다.

"아구구, 아구구! 이게 다, 죄받아 이런 겨."

"엄마, 그놈의 죄 타령 그만해. 벌써 10년 전 이야기잖아. 다들 바쁘게 사느라 남의 집에 신경 안 쓰는 세상이라고!"

큰딸은 10년 전에 벌어졌던 '콩가루 집안' 소문을 애써 축소했지만, 그건 모르고 하는 소리였다. 나부터 '요놈의 입이 방정'이라며 손바닥으로 주둥이를 친 게 한두 번이 아니었다. 더구나 동갑계원의 첫 칠순 잔치에 가서 주정까지 하고 말았다. 집에 돌아와서 '그놈의 잔치만 아니었어도 망신살이 덜했는데! 아구구, 이놈의 성깔!' 하며 자책했다. 이게 뭔 상을 받을 짓이라고 딸에게 말한단 말인가. 마누라도 이 사건만은 입을 꾹 다물어 주었다. 두 딸에게 말했다가는 사위 보기가 민망해서였다.

1945년생, 해방둥이, 닭띠 동갑 중 가장 먼저 칠순 잔치를 한 이는 의외로 조주배였다. 그는 '왕소금'이란 별명이 붙을 정도로 돈을 안 썼지만, 자식 농사는 잘 지었다. 예전 같으면 환갑 때 마당에 차일을 치고, 소머리를 푹 끓이고, 떡을 하고 부침개 지지고, 누룩 띄워 동동주 만들어 동갑뿐만 아니라 동네 사람들도 초청해 하루 종일 잔치를 벌였다. 그러나 언제부터인가 환갑잔치는 사라지고, 해외여행이나 제주도 여행으로 때워버렸다. 가물에 콩 나듯 여는 칠순 잔치도 집 마당이 아니라 큰 음식점에서 점심이나 저녁 한 끼를 대접하는 정도였다.

그러다, 시내에 결혼식을 여는 호텔이 들어서자, 칠순 잔치가 조금씩 늘었다. 각양각색의 요리가 있는 뷔페, 마이크가 있는 연단, 동영상이 비치는 대형화면까지 설치되었다. 손님들은 연회석 탁자에 빙 둘러앉아 식을 보다, 끝나면 접시를 들고 가 마음껏 뷔페 음식을 담아 와 여유 있게 먹었다. 조주배는 나와 달리 아들 둘에 딸 하나였다. 잔치의 시작은 덩치가 산만 한 큰아들이 애비를 업고, 둘째 아들은 어미를 업고 연회장을 한 바퀴 돈 다음 잘 차려진 큰상 뒤 연단에 내려놓았다. 울산공단에 있는 공장에서 간부로 근무하는 큰아들이 먼저 인사말을 했다.

"저희 아버님 칠순을 맞아, 오늘 부족하나마 우리 자식들이 이 자리를 마련한 것은 참석한 여러분께 조금이나마 감사의 의미로 초청한 것입니다. 저희 아버님은 시멘트공장의 현장에 교대 근무자로 근무하였고, 퇴근해서는 평생을 어머님과 함께 논밭에서 일하시며 저희 3남매를 키워 오셨습니다. 이제 저희도 성인이 되었으니, 자식의 도리로 부모님 은혜에 조금이나마 보답하고자 조촐한 자리를 마련했습니다. 우리 3남매는 다 컸다고 부모님 곁을 떠나 살지만, 저희 부모님과 평생을 함께 이웃해, 동고동락해 오신 어르신들이야말로 오늘 잔치의 주인이십니다. 오늘 마음껏 드시고 즐겨주시어 저희 마음을 가볍게 해주시면 고맙겠습니다."

큰아들의 인사말에 이어 주인공인 조주배도 마이크 앞에 섰다. 떨릴 만도 한데, 제법 의연하게 "저는 평생 여러분에게 빚지며 살아왔는데, 오늘 조금이나마 갚을 수 있어 고맙습니다."라고 말했다.

"마이크 앞에 서니, 사람이 달라지네!"

"그러게 말이야. 평소에 짠돌이 소리 안 듣게 술도 가끔 사지, 그렇게 짜게 굴 건 뭐야?"

"그러게, 오래 살고 볼 일이야. 조주배 술도 다 먹어 보고 말이야. 자식들이 이런 데서 잔치하는 걸 보면 아비와 달리 통이 큰 것 같애."

"우리 저 친구 술 다 먹었으니, 삼 년 재수 있는 거 아니야?"

"이건 저 왕소금 자식들이 내는 거잖아."

"그게, 그거지. 자, 우리 친구 조주배의 건강을 위하여!"

"위하여!"

원탁에 둘러앉은 동갑들은 어린애들처럼 낄낄거리며 건배하고, 이지 가지 음식을 먹었다. 연단 앞에 개량 한복을 입은 사회자가 차남과 사위, 외동딸을 마이크 앞으로 불러냈다.

"둘째 아드님은 왜 혼자세요?"

"아직 짝을 못 찾았습니다."

"그래요? 여러분, 오늘 주인공 둘째에게 기를 팍팍 넣어주는 데 동의하시죠? 제가 장가 가! 하면 세 번 따라 하세요. 장가 가!"

"장가 가, 장가 가, 장가 가!"

열렬한 박수 소리가 끝나자, 사회자는 외동딸과 사위에게 질문했다.

"사위는 무슨 일 하세요?"

"예, 아직 대학원 학생입니다."

"아니, 이런 도둑! 그럼, 사랑 땜에, 아님 임신 땜에?"

"아, 저희는 캠퍼스 커플입니다."

사위는 사회자의 짓궂은 질문에도 발끈하지 않고 생글거리며 답했다. 아기를 안은 딸이 마이크 앞에 섰다.

"제가 먼저 이 자리에서 드리고 싶은 말은 저희 부모님 칠순 잔치에 멀리서 찾아와 주신 시아버님, 시어머님께 감사의 인사를 드리고 싶어요."

나는 외동딸의 뒷말은 듣지 않고, 옆자리의 정가에게 물었다.

"남자가 벌지 않는데, 애까지 있으면 뭘 먹고살지?"

"딸이 중학교 선생이야."

"그럼, 아이는 누가 보고?"

"시어머니가 보았는데, 요새는 친정엄마가 봐준다는데, 복 받은 거지 뭐."

"복 받긴?"

터무니없다는 듯 반문했지만, 곧 말문을 닫았다. 아무리 밤에 보이는 쌀이 더 하얗게 보이고, 남의 마누라가 내 마누라보다 더 예쁘게 보이는 법이지만, 괜히 개살이 났다. 초등학교 선생을 하는 두 딸이 떠올랐다. 우리 딸들은 선생을 하면서 제 앞길은 잘 닦고 있지만, 요조숙녀나 현모양처와는 거리가 멀었다. 무엇보다 시댁에 잘하는 구석이 영 없었다. 친정에 오면 노상 시댁 흉을 보고, 평시는 물론 명절 때도 요 핑계 조 핑계 대고 가지 않았다. 그렇다고 친정에 와서도 조신하게 딸 노릇을 하는 것도 아니었다. 밭에서 일하는 제 어미를 도와주기는커녕 심기만 건느렸다. 게다가 온 사방 관절이 아프다고 신음하면 구박부터 주었다.

"손주도 봐주지 않고, 그깟 농사 지어봐야 골병만 들고, 또 얼마나 번다고 그래."

"지저분한 이 어미 손이 너희 애들한테 병 옮긴다며?"

"엄마는? 그 말에 아직도 삐친 거야?"

"그래, 이년아. 나는 외손주 보는 것보다 일이 더 좋다."

"다른 엄마들은 손주가 귀여워 죽겠다는데, 우리 집은 왜 이래?"

"됐다. 애 하나 보는 게 밭 세 마지기 농사짓는 거보다 어렵다는데, 허리 꼬부라진 내가 손주 돌보다 다치기라도 하면 그 원망은 어쩌누?"

마누라는 시집와서 어머니가 돌아가실 때까지 자기표현을 제대로 할 기회가 없었다. 어머니가 말하길 "여자는 자고로 여우가 되어야지, 곰이 되면 안 된다."라고 비 내릴 때 양철지붕 소리처럼 잔소리했지만, 점점 더 미련한 곰이 되었다. 시어머니와 며느리 사이에 낀 나는 공장 핑계를 대고 농사일 하나 거들 생각을 안 하고 밖으로만 나돌았다. 어머니도 입을 꾹 다물고 곰처럼 일만 하는 아내를 무심하게 바라볼 뿐이었다.

"자자, 지금부터 골치 아픈 건 다 잊어버리는 오락 시간입니다."

사회자가 오늘의 주인공인 조주배를 모셔놓고, 노래 곡목을 물었다.

"고생만 하시다가 돌아가신 우리 어머님을 그리며 한 곡 부르겠습니다."

라며 돼지 멱 따는 목소리로 '비 내리는 고모령'을 불렀다.

"다 산 늙은이가 노래하며 울기는?"

"저 친구 효자였잖아."

"효자 아닌 자식도 있어?"

"자넨 그런 말을 할 자격이 없는 걸로 아는데?"

"뭐야?"

"친구들이 자네 앞에서 쉬쉬하지만, 뒷구멍에선 콩가루 집안이라고 손가락질해."

"어떤 놈이 그래?"

나는 조주배가 "가랑잎이 휘날리는 산마루턱을 넘어오던 그날 밤"을 막 넘을 때 벼락처럼 소리 지르며 옆자리의 정가 멱살을 잡았다. 게다가 하필이면 밀고 당기며 실랑이할 때, 탁자 위의 맥주 컵이 바닥에 떨어져 요란한 소리를 내며 깨지고 말았다. 조주배는 산마루턱을 다 넘지도 못한 채 노래를 중단했고, 동갑 친구들은 나를 둘러싸 출입문으로 끌고 갔다.

"이 친구야, 남의 잔치에 와서 뭔 추태야?"

나는 졸지에 추태 부린 놈으로 낙인찍히고 말았다. 호텔을 나와 집까지 오며 그놈의 '콩가루 집안'이란 말이 떠나지를 않았다. '다시는 내 이런 칠순 잔치에 오나 봐라!' 작심하며 비틀거렸다.

그러나 술 마시고 한 맹세는 술 깨면 없어졌다. 여름 막바지에 양복점을 하는 병기란 친구가 칠순 잔치한다고 또 통보가 왔다. 순간 지난 2월, 조주배 잔치 때 실수한 게 떠올라 '원숭이도 낯짝이 있지, 뭔 낯짝으로 간단 말인가.' 딱 잘라 안 가기로 마음먹었다. 그렇지만 가만히 생각해 보니 그 자리에 참석하지 않으면, 친구들이 원탁 의자에 앉아 내 추태를 떠벌리며 얼마나 나를 씹을까? 게다가 나도 곧 친구들을 초대할 것 아닌가? 그러니 그 자리에 나가야만 내 죄가 용서받을 것 같았다.

병기는 1남 1녀의 자식을 두었다. 또, 동생이나 누님도 없이 천생 고아였다. 연회장 입구에서 병기 부부는 화사한 한복을 입고, 찾은 손님의 두 손을 잡으며 미소로 답했다. 아들딸 손주들도 연회장 입구와 원탁을 오가며 싹싹하게 손님을 모셨다. 아들은 인천에서 자동차 정비공장을 운영하고, 딸 내외는 서울 강남에서 부동산 중개업소를 하고 있었다. 병기야말로 모든 이들로부터 축복받으며 칠순 잔치를 할 자격이 있었다. 어려서부터 가시밭길을 걸어왔지만, 장가간 후 제 가게를 운영하고부터는 그야말로 돌밭에 가서도 금을 캘 만큼 형편이 좋아졌다.

"저 친구 저리 환하게 웃으면서, 왜 안 하려고 했는지 몰라."
"뭘 안 해?"
"칠순 잔치지, 뭐야?"
"누구보다 할 자격이 있는데, 왜?"
"더 이상 남들 앞에서 눈물을 흘리기 싫어서래."
"안 흘리면 되지, 별걸 가지고 다?"
"흐르는 눈물을 억지로 막을 수 있나"

병기의 별명은 '살이'였다. 그가 살아오면서 겪었던 사연을 듣다 보면 눈물을 흘리지 않을 수 없었다. 6·25 직후, 홀어머니 손에 끌려 우리 마을로 와 '타향살이'를 시작했다. 어머니는 읍내 양복점에 딸린 살림집의 곁방에 겨우 거처를 마련했다. 비록 '곁방살이'지만 재봉틀을 돌릴 줄 알았기에 양복점의 재봉사로 일을 했다. 병기도 초등학교를 졸업하자 곧장 양복점의 '꼬마'로 일을 시작했다. 청소부터 시작해 배달, 다림질, 재봉, 재단 등 '도제살이'로 지내다 결국 양복점 사장이 되었다. 눈썰미가 좋고, 재단 솜씨가 뛰어나다는 평을 듣던 중에 군대 영장이 나왔다.

병기는 마이크 앞에서 군대에 입대했다가, 첫 휴가를 나온 날에 겪었던 일을 담담하게 이야기했다.

"제가 군대에 근무하다 첫 휴가 나온 날 겪었던 일을 말씀드리겠습니다. 기차역에 내리니 한밤중이었습니다. 제가 일했던 양복점도 불이 꺼져있었기에 안채로 들어가 어머니와 제가 살던 곁방문을 열며 어머니를 불렀습니다. 그러나 어머니 대답 소리가 없었습니다. 이상한 생각이 들어 워커를 벗지도 않고 방으로 들어가 형광등을 켰습니다. 그런데, 어머니뿐만 아니라, 세간살이 하나 없는 빈방이었습니다. 나는 너무나 황당해 불 꺼진 사장네 안방 문을 두드렸습니다. 사장님 내외는 놀라 "누구요?" 하며 문을 열어주지는 않았습니다. "저, 휴가 나온 병기입니다."라고 소리 질렀어요. 그제야 문을 열어준 사장님은 내게 깜짝 놀랄 소식을 전했습니다. 저희 어머니가 같이 일하던 재봉사와 살림을 차리더니 아예 다른 지방으로 이사를 갔다고 말했습니다. 저는 기가 막혀 겨우 "제 짐은요?" 하고 물으니, 턱짓으로 마당 가에 있는 창고를 가리켰습니다. 저는 그 길로 시장 골목으로 들어가 밤새도록 술을 퍼마시며 엉엉 울며, 내 스스로 절대로 어머니를 찾지 않겠노라 결심했습니다. 이튿날 역대합실에 쓰러져 잠든 나를 깨워, 해장국을 사주고 달래준 이가 바로 저기 앉아 있는 배길수 친구입니다. 나는 휴가 동안 이 친구 집에서 지내다 귀대해 착실히 근무하다 제대했습니다. 제대 후 양복점에 다시 취업해 열심히 살았습니다. 허튼 데 돈 쓰지 않고 저축하고, 기술도 나날이 늘어 정식 재봉사가 되었습니다. 단골로 양복점을 찾던 한 손님의 중신으로 아내를 만나 결혼했습니다. 아비 없이 자란 고아이고 객지 놈인 나를 불알친구로 인정해, 평생 동고동락의 길을 함께 걸어온 동갑 친구분들께 다시 한번 감사의 인사를 올립니다. 그리고, 오늘 고백할 게 있습니다. 배우지도 못하고 평생 남의 옷만 만졌던 제가 이렇게 드러내놓고 칠순 잔치까지 할 인물이 못 되는 줄 압니다. 그런데도 제가 이렇게 한 이유는 두 가지입니다. 하나는 제 자식들이 제발 효도할 기회를 달라고 매달렸기 때문입니다. 일가친척 하나 없이 이렇게 사는 게 전부 전에 일했던 양복점 사장님과 친구, 손님 덕인데, 식사 한 번 대접한다는데 뭔 이유가 있느냐는 겁니다. 또 하나는 아까 말씀드린 제 결심, 즉 재가한 어머니를 찾지 않겠다는 결심을 오늘부로 포기하겠습니다. 그리고 어머니가 어디에 사시는지, 아니면 돌아가셨는지 찾아보겠다는 약속을 여러분께 하기 위해서입니다. 나이 칠십이 되니, 이제야 철이 들었기 때문입니다. 감사합니다."

박수 소리가 연회장을 메웠다.

"우리 병기 멋져, 멋져!"

"멋지긴? 지독한 놈이지."

"참, 자네 생일도 이번 달이잖아. 어떻게 할 건데?"

"몰라, 여행 갈지, 아니면 잔치할지 아직 결정 못 했어."

"학교도 못 다닌 병기도 하는 칠순 잔치를 자네가 안 하면 욕먹지."

"자네도 안 했잖아."

"나는 마누라 없고 딸 둘이잖아. 하고 싶어도 난 결격사유가 너무 많아."

"나는? 콩가루 집안이라 다들 손가락질인데?"

"칠십이 되면 잘 잊어먹잖아. 자네 집 콩가루 이야기는 벌써 다들 잊었어. 자식들 중에 공무원이 둘이나 있는 동갑은 자네뿐이야."

"그게, 뭐이 대단하다고?"

"자랑할 때는 언제고? 오늘 아예 예약해."

나는 장길호가 잡아끄는 대로 호텔 사무실로 가서 예약했다. 딸에게 말하자 큰딸은 연예인 사회자를 섭외해 보겠다고 큰소리쳤다. 작은딸은 우리 가족 한복 일체를 도맡겠다고 했다. 아들은 연회 경비 일체를 물겠다고 했다. 우리 부부는 딱 100명을 선정해 일일이 전화를 걸어 통지했다. 그러나 동생네 식구는 어느 누구의 전화도 받지 않았다. 풍문에 딸이 설득해 다시 합쳐, 부산에 산다는 것만 알고 있었다. 새삼, 형이 칠순 잔치한다고 하면 부담을 줄 것 같았고, 만에 하나 참석하면 술에 취해 분위기를 망치고 난동을 부릴 것 같았다.

드디어 내 칠순 잔치 날이 밝았다. 호텔 로비에서 연회장 담당자가 식순을 건넸다. 첫 순서는 사위 둘이 장인 장모를 업고 행진하는 것이었다. 순간, 둘째 사위가 걱정되었다. 저 화학 선생은 약

골이라 장모를 업고 연회장 반 바퀴도 못 돌고 내려놓을 것 같았다.

"자네 괜찮겠어?"

"제가 겉으로 약해 보여도 장모님을 업고 돌지 못할 정도는 아닙니다."

"그래요, 아버지. 이 사람 보기하고 달라요. 나를 업고 매일 연습했어요."

일절 부조와 화환을 거절한다고 했지만, 문중에서 큰 화환이 배달되었다. 연회장 입구에서 찾아오는 손님과 일일이 악수하며 덕담을 건네는 것도 쉽지 않았다.

"오늘의 주인공이신 아버님, 어머님 입장!"

사회자의 말이 끝나기 무섭게 '내 나이가 어때서' 연주곡이 흘러나왔다. 나는 덩치가 산만 한 큰 사위 등에 올라탔다. 엉덩이를 감싼 큰사위의 두 손이 바르르 떨리는 것이 엉덩이에 전달되었다. "나잇살은 어쩔 수 없는 거지. 무거워도 조금만 참게."라고 말하며 두 손으로 등을 감쌌다. 둘째 사위에 업힌 마누라가 바짝 뒤로 붙으며 불안하게 나를 바라보았다. 두 사위 등에 업힌 우리 부부는 연회석을 한 바퀴 돌기 시작했다. 뒤로 아들, 딸, 외손주들이 뒤따랐다. 손님들이 손뼉을 쳐주었다. 연단 앞에 왔을 때, 힘이 다 빠진 둘째 사위가 휘청하며 마누라와 함께 넘어지고 말았다.

"내 저럴 줄 알았다!"

뒤따르던 아들이 얼른 제 어미를 일으켜 업었다.

"역시 아들이 있어야 한다니까!"

킥킥 웃는 소리 중에 누군가 아들 타령을 하였다. 각종 과일과 과자, 떡으로 차려진 큰 상 뒤에 우리 부부가 앉자, '내 나이가 어때서' 연주도 끝났다. 사회자가 농 보따리를 풀어놓았다.

"제가 전국 방방곡곡에 칠순 잔치 사회를 보러 다녔는데, 오늘의 주인공 어르신처럼 복 받은 분은 처음입니다. 딸 하나 있으면 어미가 싱크대 앞에 죽고, 둘이 있으면 서로 잘 보이려고 비행기를 태워준다잖아요. 또, 아들만 둘이면 신용불량자 된 아들만 부모와 살려 하고, 장가가면 이미 아들놈은 희미한 옛사랑의 그림자이자 내 며느리의 남편으로 전락하는 게 요새 자식들인데, 이 댁의 자제분은 하나같이 효자 효녀이고 인물도 좋고, 잘 사니 보기 좋습니다. 단지, 저 둘째 사위님이 힘 약한 게 흠인데, 오늘 많이 잡숫고 힘내었다가 잔치 끝날 때 장모님을 한 번 더 업어드리는 게 어떻습니까? 제 말에 동의하면 박수를 치세요."

아들이 먼저 연단에 나가 가족 소개했다. 일순 어머니와 동생 부부가 생각났다. 심호흡을 했는데도 주책없이 눈물이 흘러내렸다. 이어 내가 인사말을 할 차례였다. 우황청심환을 두 알이나 먹었지만 가슴이 떨리고 앞이 흐릿했다. 나는 아들이 수정한 인사말을 읽어 나갔다.

"제 성격이 모가 나 걸핏하면 남과 시비 걸고, 삐치고, 싸우려 할 때마다 넓은 마음으로 나를 이해해 준 동갑 친구와 가족, 일가친척께 감사의 인사를 드립니다. 그리고 평생 내 곁에서 그림자처럼 떠나지 않고, 일만 하다 늙어버린 아내에게 고맙다는 말을 전하고 싶습니다."

나는 여기까지 읽다가 자식들을 언급한 부분을 읽기도 전에 닭똥 같은 눈물을 흘렸다. 그건 필시 '혈육'이란 말 때문이었다. 이 많은 사람 중에 일가친척은 보였지만 같은 부모님 핏줄인 하나뿐인 동생이 보이지 않아서였다. 마누라가 얼른 손수건을 건네주었다. 사회자가 두 손을 흔들며 손님의 호응을 유도했다.

"뽀뽀해, 뽀뽀해!"

나이 칠십에 이게 뭔 해괴한 일이란 말인가. 마누라도 놀라 멀뚱거렸다. '마누라에게 일만 하게 해 미안하다'라며 후회하며 우는 줄 아는 사회자가 오히려 귀여웠다. 손님들도 이런 모습이 재미있는지 손뼉 치며 깔깔 웃었다. 마누라는 어쩔 수 없다는 듯이 입술을 뾰족하게 하고 내 뺨에 갖다 대었다. 이어 사회자가 두 딸 내외, 아들, 외손주들을 앞으로 나오게 했다. 우리 부부에게 세 번 절하게 한 후, '부모님 은혜'를 불렀다. 이어 외손주들이 기타 치며 흘러간 옛 노래를 불렀다. 이어 동갑 계원 대표인 병기와 길수가 나오자, 우리 부부는 맞절하고 술잔을 교환했다. 벌써 몇 잔째인가. 얼추 취해 가물가물해지자, "오늘의 주인공이 한 곡조 뽑겠습니다."라고 소리쳤다. 분위기가 한창 밝게 무르익었는데, '우중의 여인' 반주가 난데없이 나오자, 다들 의아한 표정을 지었다. 나는 짐짓 모른 체하며 연습했던 노래를 불렀다.

    장대같이 쏟아지는 밤비를 헤치고
    나의 창문을 두드리며 흐느끼는 여인아

나는 여기까지 부르다 노래를 중단했다. 사회자가 영문을 모르겠다는 듯 고개를 갸웃거렸다. 흐느끼는 여인을 부르며 병기를 바라보자, 어디 사는지도 모르는 동생이 떠올랐다. 이어 돌아가신 어머니가 떠올라 눈물이 주르륵 흘러내렸다. 큰딸이 나에게 다가와 팔을 잡아 일으켰다. 나는 마지못해 일어서서 원탁에 앉아 있는 동갑 계원에게 다가가 술을 따랐다. 다들 '축하하고, 무병장수하라'며 서로 덕담을 나누었다. 마누라가 뒤따르며 팔을 자꾸 꼬집으며 '술 좀 작작 마셔요!'이라 눈으로 말했다.

"왜 그래? 오늘은 내 날이야. 이래도 되는 날이라구. 모두 나를 욕해도 좋아. 콩가루 집안 장남이고, 왕소금이고, 잘 삐치고, 모가 많이 난 천하의 나쁜 놈이라고. 그래도 오늘, 내 평생 처음으로 이렇게 많은 술과 음식을 사잖아. 콩가루 집안이라고? 하나뿐인 동생 놈이 날 형으로 여기지 않고, 죽었는지 살았는지 연락 않고 사는데, 형이란 이 작자는 술에 취해 이 모양이네. 여보 미안해. 오늘만 나 좀 취할게. 치매 걸린 어머니를 일찍 돌아가시게 만든 불효자잖아. 나 같은 놈이 더 살면 뭐해? 안 그래?"

나는 취해 헤매는데, 연회장은 관광 춤판이 벌어지고 있었다. 마누라도 딸과 사위도 친구들도 신나는 반주에 맞춰 춤을 추었다. 흰말 엉덩이나 백말 똥구멍이나 거기가 거기였다. 아들놈만 눈을 멀뚱거리며 내 하는 꼴을 계속 감시했다. 그래, 저놈도 언젠간 장가를 가면 장인의 아들이 되고, 며느리의 남편이 되고, 장모의 충실한 신하가 되겠지. 어느 날 집에 와서 보니 상늙으이로 변한 나를 보고 싱긋 웃으면서 요양원으로 집어넣겠지.

얼마나 졸았을까, 눈을 번쩍 떠보니 나는 일가친척 푯말이 있는 원탁 의자에 앉아 졸고 있었다. 손님들 모두 연회석을 빠져나가고, 두 딸이 남아있는 수건을 박스에 넣고 있었다. 준비한 수건보다 손님이 덜 왔다는 증거였다. 마누라가 박스에서 하얀 수건 한 장을 꺼내 내 목에 감아주었다. 나는 싱긋 웃으며 "고마워!"라 말하며 의자에서 일어났다. 화장실로 발을 옮기는데 휘청거리자, 안 보였던 아들이 나를 감쌌다. 부축을 받으며 몇 발짝 걷자 다시 다리에 힘이 빠지며 주저앉아 동생 이름을 부르며 울기 시작했다. 끝까지 남아있던 친구 병기가 다가와 속삭였다.

"친구야, 그래 울어. 칠순 나이까지 사느라 쌓인 건 눈물밖에 없더라고. 슬퍼서 쌓이고, 기뻐서 쌓이고! 그래서 칠순 잔치는 우는 잔치야. 팔순 잔치는 울 힘도 없고 눈물도 다 말라 없다잖아. 까짓것, 이 나이까지 살았으면 됐지, 뭘 더 바라겠나!"

5

어달리 블루스

　마지막 배달을 끝내고 퇴근 준비를 하려 하자, 싱크대에서 오징어를 회 치던 양 사장이 손짓으로 술 한 잔 하자는 신호를 보냈다. 순간, 초장과 어우러져 입안에서 씹히는 꼬들꼬들한 산 오징어 맛이 연상되어 멈칫했지만, 고개를 저었다. '안 돼. 건너뛰어야 해. 벌써 며칠째 술 마셨잖아!'하며 문을 열고 나가려는데, 뒷전에서 큰 소리로 비아냥거리는 소리가 들렸다.
　"아무도 없는 집에서 혼자 뭐 하려고?"
　"손님이 오기로 했어요."
　"누구? 애인?"
　"동네 친구예요."
　"친구가 손님이야? 여기로 와서 같이 한잔하자고 전화해."

매일 마시는 술을 하루쯤 쉬고 싶었지만, 양 사장은 내 속을 다 알고 있다는 듯이 재차 불러 앉혔다.

"대구횟집 아줌씨가 지나가는 나를 보더니, 수족관에서 뜰채로 오징어 너덧 마리를 떠서 주더라고. 그런데, 난데없이 자네가 이혼남이냐고 묻더라."

"그래서, 뭐라 했어요?"

"오래전에 이혼했고, 지금도 처자식 없는 노총각이라 했지."

"말 잘했네요."

"그렇지? 혹시 중신 서려고 물은 것 아니야?"

"그러면 더 고맙지요."

언제부터인가 횟집이나 시장 거리에서 '나란 놈'에 대해 슬슬 씹고 있다는 감을 잡았다. 차를 횟집 앞에 세워놓고 산소통을 차에서 내려 배달하고, 빈 통을 굴려 와 다시 차에 싣는 나를 힐끔 보며 수군거렸다. 눈치로 그 말들을 조합해 보면 뻔한 내용이었다.

"나이가 쉰 살은 넘지 않았을 거야. 산소통 배달 일을 한 지 십수 년이 되었고, 장가는 한 번 갔었는데, 3년 만에 이혼했고, 작년 가을에는 같이 살던 홀어머니가 돌아가셨고, 어달리 집에서 혼자 산대."

나는 시장통 아줌마들이 나를 안주로 씹어도 못 들은 척 그냥 지나쳤다. "그래서, 어쩌라고?"라고 대들 수도 없지 않은가. 일요일 빼놓고, 매일 나는 꼭두새벽에 눈 뜨면 지난밤에 해두었던 밥과 국을 대충 먹고, 항구 어판장 옆 골목에 있는 가게로 출근했다.

양 사장에게 오늘 배달할 일정표를 받아, 철길 너머에 있는 산소 공장으로 가서 주문한 산소통을 차에 싣고 정문에서 전표와 수량을 확인받아, 부두에 정박 중인 어선과 시내 곳곳에 있는 횟집으로 다니며 배달했다. 꽤 무거운 산소통을 차에서 내려, 꼭지를 살짝 쥐고 빙글빙글 굴리며 가게까지 가서 호스 주입구와 연결하는 게 만만치 않은 일이지만, 한 번도 사고 없이 이 일로 지난한 세월을 보내며 살아왔다.

산소통을 배달하면서 만났던 사람이 한둘이 아니었지만, 다들 건성으로 인사하고 아는 체만 할 뿐이었다. 어쩌다 같이 술을 마실 때도 있었지만, 속마음을 털어놓지 않았다. 이 항구 도시에서 내 속 사정을 훤히 알고 마음 터놓고 지내는 사람은 양 사장뿐이었다. 학교 다닐 때 친했던 친구들은 거의 다 이 도시를 떠났고, 남아 있는 친구와도 소원한 관계였다. 이들 중 대다수는 통통배를 타는 뱃사람이 되었고, 몇몇 친구는 가업을 이어받아 장사하느라 바깥 출입을 하지 않았다. 양 사장도 부친이 했던 산소통 배달 사업을 물려받아 착실하게 운영할 뿐, 단골 술집이나 웃음을 흘리는 색시에게 눈길을 돌리지 않았다.

우리는 오징어회를 안주로 소주 세 병을 비우고 각기 집으로 향했다. 집은 가게에서 2km쯤 떨어진 '어달리'란 마을에 있었다. 동네 어르신들은 '어달'이란 이름에 대해, 아득한 삼국시대 때 여기가 고구려와 신라의 접경지역이었고, 고구려 말로 '어'는 샘, 바다, '달'은 언덕, 산이었다고 말해주었다. '어달리' 마을 남쪽에 있던 조그만 포구에 불과했던 묵호 마을에 변혁이 일어난 것은 일제강점기 때였다. 전쟁 중인 일본은 '삼척개발주식회사'라는 회사를 설립해, 도계 지역의 탄광에서 무연탄을 채탄하고, 묵호에 방파제와 부두를 조성하고, 철로를 개설해 기차로 무연탄을 항구까지 싣고 와 부두에 접안 중인 선박에 선적해서 일본으로 보냈다. 해방 후에도 열차로 싣고 온 무연탄을 저탄장에 하역했고, 밤낮으로 선박에 선적해 전국의 항구로 실어 날랐다.

선적할 때마다 항구 일대는 연탄 가루가 하늘을 시커멓게 가렸다. 시내는 하루가 다르게 집과 골목이 생겼고, 거리를 걷다 보면 어깨가 서로 부딪힐 정도로 사람이 많았다. 무연탄 선적기 옆의 항구에도 수백 척의 통통배가 바다로 드나들며 생선을 엄청나게 잡아 와 부두에 쏟아놓았다. 그러나, 몇 해 전부터 무진장 잡히던 명태와 오징어가 갑자기 줄어들자, 항구와 덕장도 썰렁해지기 시작했다. 게다가 상가 거리와 시장터에도 밤이 되면 일찍 불빛이 꺼졌다. 단지 술집과 횟집 불빛만이 상가 거리를 쓸쓸하게 비출 뿐이었다. 얼큰하게 취해 '그래도 옛 영광을 이 횟집들만이 시내를 지켜주네!'라고 중얼거리며 걸었다.

비틀거리며 걷는 나를 본 '대구횟집' 주인아주머니가 문밖으로 나와 "한잔 더하고 가지!"라며 유혹했다. 나는 싱긋이 웃고 손을 휘저으며 가게 안을 보자 여러 손님이 보였다. '밤늦게까지 싱싱한 회를 술안주로 먹는 것은, 내가 배달한 산소통 덕인 줄 아시오!'라고 중얼거리며 지나쳤다. 상가 거리가 끝나자, 검은 바다에서 밀려 나오는 파도가 흰 거품을 내며 옹벽을 철썩였다.

"에잇, 한 잔 더 할까? 캄캄한 집에 가봐야 반겨주는 사람 하나 없잖아!"

제자리걸음 하며 혼잣소리를 했지만, 고개를 흔들며 발걸음을 재촉했다. 어두운 바다에서 소금기를 머금은 바람이 불어와 내 취기를 앗아갔다. 앞쪽에 '까막바위'가 늘 그 모습대로 늠름하게 서 있었다. 앞을 지나는데, 나도 모르게 흥얼거리듯 노래가 나왔다.

    오늘도 걷는다마는 정처 없는 이 발길 / 지나온 자국마다 눈물 고였다.

어머니가 자주 불렀던 '백년설'의 '나그네 설움'이었다. 나는 서둘러 2절의 끝부분에 온갖 감정을 실어 불러댔다.

    황혼이 찾아들면 고향도 그리워져 / 눈물로 꿈을 불러 찾아도 보네

대문을 열고 마당에 들어서자, 골목보다 더 어두웠다. 서둘러 현관문을 열고 거실의 불부터 켰다. 눈에 익은 물건들이 낯설지 않았지만, 너무 조용해 섬뜩한 느낌이 살짝 들었다. 거실 소파에 앉아 리모컨으로 TV를 켜고, 방문과 목욕탕, 거실 문을 열어 집안에 고여있던 냄새를 바꿨다. 부두와 횟집에서 스며든 소금기, 그리고 땀에 찌든 내 작업복에서는 비린내와 쉰내가 풀풀 났고, 안방과 목욕탕에서는 곰팡내가 났다. 곰팡내는 천장과 목욕탕에서 조금씩 새어 나오는 것 같았다. 나는 이 냄새가 황 사장이 남기고 간 체취가 틀림없다며 콧살을 찌푸렸다. 비린내가 풀풀 나는 작업복을 벗어 던지고 그대로 소파에 누웠다. 술 마신 탓인지 금방 잠이 쏟아지자, 억지로 일어나 목욕탕으로 들어갔다.

목욕탕에서 나와 다시 소파에 눕자, TV에서는 '흘러간 옛노래'

가 나오고 있었다. 남녀노소 가수들이 번갈아 마이크 앞에서 옛 노래를 불렀다. 오늘 밤따라 전부 내가 즐겨 부르던 노래였다. 취기가 점차 사라졌지만, 가수 따라 노래할 흥이 나지 않았다. 이불을 가져오려고 소파에서 일어나다가 거실 선반 위에 있는 검은 중절모가 눈에 들어왔다.

"아니, 저 모자가 여태까지 저기에 있었단 말이야?"

나는 혼잣소리하며 발돋움으로 중절모를 집어 머리에 썼다. 약간 작은 듯했으나, 거울 속에 비친 모습이 제법 의젓하게 보였다. 얼른 벗어 제자리에 놓았지만 잠이 사라지고, 작년 가을에 하늘나라로 가신 어머니가 떠올랐다. 또한, 아침마다 검은 중절모를 쓰고 차에서 내리는 황 사장의 몸을 부축해 함께 대문으로 들어가시던 어머니 모습이 어제 일처럼 뚜렷하게 떠올랐다.

3년 전 어느 봄날이었다. 늘씬한 키에 검은 중절모를 쓰고, 각이 선 양복과 윤이 나는 백구두를 신은 노신사 한 분이 승용차에서 내렸다. 아들인 듯한 60대 사내가 차에서 내리는 노신사를 부축하고, 대문에서 어머니에게 인계하며 꾸벅 절을 한 후 다시 차를 타고 떠나갔다. 나는 '이게 도대체 뭔 일이람?' 하며 의아하게 눈을 크게 뜨고 고개를 갸웃거렸지만, 어머니는 나를 보고 눈을 끔벅끔벅하며 밖으로 나가라며 손짓했다.

그날 이후, 내가 출근하지 않는 일요일을 빼고 이 모습이 매일 반복되는 것 같았지만 어머니가 전후 사정을 말할 때까지 나는 무심하게 대했다. 열흘쯤 지났을 때였다.

"여기 중앙시장 입구인데, 지금 올 수 있냐?"
"지금 막 가게로 들어왔는데, 어떻게 알고?"
"네놈하고 같이 산 지 몇 년인데 그딴 걸 모르겠냐? 올 거야, 말 거야?"
"알았어요."

어머니는 생선이며 부추, 파, 깻잎, 빵, 소주, 막걸리까지 산 보따리들을 차에 실으며 집으로 가자고 했다. 내가 입을 꾹 다문 채 운전만 하자, 어머니는 곁눈질로 나를 살피다가 먼저 입을 열었다.

"니가 이 어미 심정을 내리꾀고 이해해 줘 고맙다."
"내가 뭐, 한두 살 먹은 어린애예요?"
"근데, 오늘은 일요일도 아닌데, 황 씨 어르신은 왜 안 오셨어요?"
"아들이 병원으로 데려갔다."
"아파요?"
"약 타러 간다고 하더라. 잠깐, 차를 저기 세워라."

나는 까막바위 앞 상가를 지나 집 앞 골목 입구에 차를 세웠다. 단골 상점으로 뛰어 들어가 막걸리 한 통, 새우깡과 종이컵을 사왔다.

"눈치 하나는 빨라!"

어머니는 집 앞, 파도가 찰싹이는 방파제 옆 모랫벌에 앉아 막걸리 통을 흔들더니, 종이컵에 술을 가득 채웠다. 그리고는 끝없이 펼쳐진 바다에 시선을 고정한 채 연거푸 막걸리를 들이켰다.

얼마 지나지 않아 취기 어린 말로 난데없이 아버지 이야기를 꺼 냈다.

"너가 세 살 때, 하루가 다르게 커가는 모습을 보더니, 아비가 큰일을 저질러 버렸다. 있는 돈, 없는 돈 탈탈 털고 빚까지 내어 그놈의 동력철선을 사버렸다. 그걸 산다고 할 때, 내 그리도 말렸 건만, 내 말을 들을 사람이 아니었다. 그리곤 선원 여러 명을 찾아, 저 멀리 독도 부근에 있는 '대화퇴'인지 '삼각지'인지 거기로 조업 하러 가기 시작했다. 거기는 소위 황금어장이라 고기가 엄청 많 이 잡혔거든. 그런데 반년이 지났을까, 갑자기 산만한 삼각파도가 밀어닥쳐 40척이 넘는 어선을 덮쳐버린 거야. 그날 거기서 조업 하던 선원 300명 넘게 실종되고, 사망해 버렸다. 나는 그 소식에 몇 날 며칠 울다 지쳐 혼절까지 해버렸다. 그러다, 니 울음소리에 퍼뜩 정신이 들어 부두에서 한없이 방파제 너머를 바라보기 시작 했다. 그러다, 혹여나 시신이라도 저 파도를 타고 집으로 올까, 하 여 바다가 눈 아래 보이는 어달리 언덕에 집까지 장만해, 여태껏 살며 저 너른 바다를 바라본 게 벌써 십수 년이네!"

"황 씨 아저씨 이야기하는가 했더니, 까마득한 옛날에 벌어졌 던 아버지 사고를 왜, 꺼내고 그래요?"

"이놈아, 네 어미 사연이 어디 짧은 것 봤느냐? 자꾸 동력선 산 다고 할 때, 그냥 목선에 노 젓고 항구 앞 바다로 나가 소박하게 고기를 잡아 시장에 내다 팔고, 그 돈으로 삼시세끼 굶지 않고 자 식 하나랑 알콩달콩 살자고 사정사정했다. 그러나 그 욕심이 앞 서 빚을 내 배를 사고, 먼바다로 나간 게 잘못이란 말이다. 뱃사람들이 아무리 용왕님을 지극정성으로 모시고 절하고 빌어도 저 바다 날씨를 이길 수가 있나 말이다."

"돌아가신 아버지 이야긴 그만하고, 황 씨 아저씨와 어떤 사이인지나 말해봐요."

"이놈아, 아까부터 자꾸 황 씨 아저씨라고 하는데, 그분이 네 친구냐, 이웃 아저씨냐? 내 서글픈 인생에서 가장 고맙고 신세를 진 유일한 분이시니, 호칭을 어르신이나 사장님이라고 불러라."

"알았어요."

"얼마 전, 오랜만에 지나는 길에 황 사장님 가게에 들렀더니, 양복점은 벌써 폐업하고 아들이 기성복을 팔고 있더구나. 아들의 안내로 방 안으로 들어가 보니, 연세가 있어서인지 여기저기 아프시고, 뭣보다 힘이 없어 종일 자리에 누워 지낸다는 말에 내가 불쑥, 우리 집에서 낮 동안이라도 제가 말동무해드리겠다고 제안하여 겨우 승낙받았다. 오래전부터 그분께 신세 졌던 것을 되갚는 차원에서 우리 집으로 모신 것이니, 그리 알아라."

"알았어요. 그런데, 엄니는 꼭두새벽부터 밤늦게까지 어판장이며, 덕장에서 일만 하셨는데, 황 사장께 무슨 은혜를 입었다고 그래요?"

"이놈아, 너는 좋아 죽겠다며 결혼한 여자와 살림 차려 3년이나 같이 살았는데, 아기 하나 못 낳고 이혼한 사연을 몇 마디 말로 다 해명할 수 있겠느냐?"

아무래도 막걸리 한 통이 모자랄 것 같아 나는 다시 상가 슈퍼로 가서 막걸리 한 통을 더 사 와서 어머니 옆에 앉았다.

"미안하다."

"뭐가요?"

"가수 된다며 꼭두새벽에 일어나 저 까막바위 굴에서 자나 깨나 노래 부르다가 서울로 갔는데, 이 어미가 학원비며 작곡가 선생 소개비며 뭐 하나 제대로 해준 것이 없었잖아. 겨우 운전학원비 몇 달 대준 것밖에 없었잖아. 결국 가수는커녕 운전면허증 하나 들고 내려와 산소통 배달차를 운전하느라 가수 꿈을 접고 말이야."

"그래도, 내 팔자에 우리 시에서 열린 전국노래자랑에 나가 송해 선생을 만나고, 장려상까지 탔으면 됐지. 안 그래요?"

"아이고, 내 새끼. 어쩜 이리 착할까!"

"황 사장을 만났던 사연 좀 들려줘요.""

어머니는 빈 컵을 내밀었다. 나는 막걸리가 컵에 철철 넘치도록 그득하게 부었다.

"야야, 그만 부어라. 아까운 술이 넘치잖아!"

어머니의 고향은 함경도 흥남이었고, 다섯 살 되던 해 6·25 사변이 터졌다. 다들 죽음을 무릅쓰고 피난을 떠나는 와중에, 다행히 집 가까이 있는 '흥남항'에서 '미국군함부두철수작전'이 벌어졌다. 어머니 가족은 군함에 오르기 위해 생사를 거는 과정에서 그만 뿔뿔이 헤어지고 말았다. 열두 살 언니는 다섯 살 여동생을 업고 천신만고 끝에 배에 올라, 밤새도록 피난민 사이를 다니며 부모와 오빠를 찾았으나 끝내 만날 수 없었다. 낯선 부산 자갈치

시장에서 어린 자매는 용케 버텨내며 성인이 되었다. 시장 바닥에 빨리 적응한 언니는 안 해본 장사가 없을 정도로 악착같이 살았다. 어린 나이지만 동생을 책임지겠다는 각오로 버텨냈다. 십여 년 세월이 지나서 언니는 식자재를 납품하는 회사에 근무하는 청년과 결혼했다.

언니 집에서 얹혀살던 여동생은 스물두 살 때 형부 소개로 강원도 총각과 결혼했다.

"언니는 부산에 살고, 나는 낯설고 아는 이 하나 없는 강원도 묵호에서 남편 하나 바라보며 살았어. 다행히 네 아비는 성실하고 착했는데, 남에게 지고는 못 사는 고집이 있었어. 주위에서 하나둘 동력선을 사서 먼 바다로 나가 생선을 몇 배로 잡아 오자, 가만히 있지 못했지. 끝내 여기저기 빚을 내서 기어코 동력선을 사 버렸다. 하루가 다르게 커가는 너를 보고, 매번 만선으로 입항하니 우리 집도 함박웃음이 피어나리라고 여겼는데, 네가 세 살 때 그만 대화퇴 참사가 나고 말았다."

"그 슬픈 이야기는 수없이 어머니가 말해 주셨잖아요."

"이놈아, 그 억장이 무너지는 이야기는 천 번 만 번을 해도 눈물이 줄줄 흘러내린다."

"그래도 엄니는 하루도 쉬지 않고 부두며 덕장으로 일하러 다녔잖아요."

"그래, 커가는 너를 등에 업고 힘든 몸을 추슬러 일했지만, 사실 너무 힘들었다."

"부산 사는 이모님이 좀 도와주지 않았어요?"

"도와주는 것도 한두 번이지. 언니네도 돈 쓸 일이 자꾸 생겼고, 나도 체면이 있어 손을 더 내밀지 못했어. 또, 부모 없이 자랐고, 대화퇴 참사 때 남편을 잃은 게, 이 모두 내 부덕의 소치라 여겼다."

"혹시, 그래서 술을 마시기 시작했어요?"

"이놈이 눈치 하나는 빠르구나!"

"사실, 어판장이며 덕장 일이 너무 힘들었다. 다들 중간중간에 막걸리를 한두 잔씩 했는데, 나는 좀 취했다 싶으면 그냥 눈물을 흘리는 거야. 게다가 덕장에서 일할 때는 노상 라디오를 들으며 일했는데, 어쩌다 백년설 가수의 노래만 나오면 또 그대로 눈물이 철철 흘러내렸다."

"우리 엄마가 쇠꼽으로 만든 어머니인가 여겼는데, 알고 봤더니 천생 여자였네!"

"하루는 일을 끝내고 동료들과 읍사무소가 있는 발한삼거리까지 나가 술을 진하게 마셨어. 다들 '한 많은 세상 별거야?'라고 소리 지르며 골목길을 나서는데, 내 가슴을 후벼파는 듯한 노래가 들리는 거야. 곡조는 내가 좋아하는 백년설 가수의 '고향설'이란 노래인데, 라디오에서 듣던 노래와 뭔가 달랐어. 소리 자체가 따뜻한 봄날 같고, 너른 들판처럼 풍성해서 귀를 쫑긋거리며 점점 소리 나는 곳으로 다가갔어. 일행과 헤어지는 줄도 모르고 문 앞에 쭈그려 앉아 듣는데, 갑자기 문이 확 열리는 거야. 깜짝 놀라 고개를 쳐들고 눈앞에 서 있는 사람을 올려봤는데, 신문에서 본 백년설 가수와 흡사한 사람이 히죽 웃으며 나를 내려보는 거야."

"그 양반이 황 사장이었어요?"

"그래, 어르신이 내 손을 잡고 가게로 끌며, 저기 의자에 앉아 감상하라는 거야."

"감상요? 그리고 뭘 파는 가게였는데요?"

"벽 쪽으로 양복 만드는 천이 쭉 걸려 있고, 앞쪽으로 손님이 찾아갈 양복 수십 벌이 걸려 있는 양복점이었다."

"아니, 양복점에 라디오가 있었어요?"

"이놈이? 라디오가 아니라 농짝만 한 전축이 가게와 붙어있는 안방에 있었다. 어르신은 내가 백년설 노래에 빠져 있자 방으로 들어가서 볼륨을 더 크게 했어. 노래는 귀청 떨어질 정도로 웅장하게 들렸지만, 반주가 풍성하고 섬세해 노래에 더 빠져들게 했다."

"아니, 전축이나 라디오나 다 같지, 소리 자체에 뭔 차이가 있다고 그래요?"

"뭐? 하기야, 넌 전축 소리 못 들어 봤겠구나. 의자에 앉아 눈을 감고 감상하다 보니 '고향설'이 끝나버렸어. 나는 섭섭한 얼굴로 일어나자, 어르신이 전축의 LP 플레이어의 재생바늘을 들면서 나를 빤히 보며, '더 듣고 싶으시냐?'라 묻기에, 갑자기 부끄러워 인사를 급히 하고 나왔다."

"그날이 어르신과 첫 대면이었네요."

"그래. 그 후에도 나는 술만 마셨다 하면 그 집 앞으로 갔어. 창밖에서 어르신이 재단하는 모습을 훔쳐보고, 귀는 쫑긋 세워 노래를 들었지."

"아니, 그 잘난 전축 노래에 반한 거예요? 아니면 키 큰 사장이에요?"

"이놈 자식이? 당시 이 엄마의 상황을 봐라. 남편은 저 드넓은 망망대해에 부평초처럼 떠다니다 온갖 물고기에 뜯어 먹혀 흔적도 없고, 저 어린 자식은 험하디험한 세상살이에서 어떻게 키울지 자신이 없고, 어판장이며 덕장 일을 과연 내가 해낼지 자신이 없고, 캄캄한 내 앞길에 유일한 낙이 백년설 가수의 노래를 듣는 거였어."

"우리 엄니가 억세고 강골인 줄만 알았는데 착각이었네!"

"이놈아, 여자 마음을 이렇게 몰라주니 마누라가 도망쳤지!"

"아니, 내 이혼 이야기가 왜 거기서 나와요?"

어머니는 내 항의가 듣기 싫은지 슬며시 일어나 조개껍데기 몇 개를 주워 바다로 던졌다. 어머니는 세차게 치는 파도를 피하면서 가끔 듣던 노래를 부르기 시작했다.

한 송이 눈을 봐도 고향 눈이요 두 송이 눈을 봐도 고향 눈일세
깊은 밤 날아오는 눈송이 속에 고향을 불러보는 고향을 불러
보는 젊은 푸넘아

내가 출근하고 나면 택시를 타고 온 황 사장과 어머니가 방안에서 무엇을 하며 지냈는지 알 수 없었다. 어머니는 황 사장에게 오랫동안 신세 졌다고 주장했지만, 돈을 빌린 것도 아니고 물질적으로 혜택을 입은 것도 아니었다. 고작, 양복점에서 전축으로 좋아하는 백년설의 노래를 듣고 나중에 블루스 춤을 추었다지만,

지금이야 다 늦은 몸으로 육체적인 사랑이라니? 비쩍 마르고 제대로 걷지도 못할 만큼 허약한 노인네이고, 어머니도 허리가 굽고 뼈와 살뿐인데 무슨 사랑일까? 나는 소파에서 벌떡 일어나 다시 전등과 TV를 켰다. 선반 위의 검은 중절모를 집어 쓰고 거울 앞에 섰다. 내 모습이 어머니가 말했던 황 사장처럼 멋져 보였다.

나는 어머니를 대신해 고등학교 때부터 저녁밥과 찌개까지 끓이기 시작했다. 어머니는 밤 10시가 넘어야 귀가했고, 새벽에는 다시 일하러 나갔기 때문이다. 어느 날, 술에 취해 거실로 들어선 어머니가 방바닥을 치며 울기 시작했다. 나는 놀라서 어머니를 안고 까닭을 물었다.

"엄마, 왜 그래? 아버지 생각나서 그래요?"

"물귀신이 된 그 인간이 왜 생각나?"

"그럼, 왜 이래요?"

"이 땅에 사는 유일한 피붙이인 부산 언니도 저세상으로 갔고, 갈 수 없는 북한 흥남에 부모님과 오라버니가 혹여나 살아계신지, 소식 하나 모르니!"

"엄마, 걱정거리 다 잊고 머리 식힐 겸 황 사장에게 노래 더 듣고 사교춤도 카바레에서 본격적으로 배워봐요."

"정말? 그래도 돼?"

"나도 다 컸잖아요. 밥하고 반찬 만들고 빨래까지 다 하잖아요."

"그래, 그래. 우리 아들 다 컸네."

내가 방바닥을 치며 우는 어머니에게 "사교춤을 배우라!"고 권한 게 고3 때였다. 하루는 야간수업을 마치고 친구들과 잡담하며 발한삼거리 유흥가를 지날 때였다. 3층 건물의 지하에 있는 '무코 카바레'에서 어머니가 동료들과 나오는 모습을 보고 말았다. 나는 사건 현장을 목격한 형사처럼 어머니 뒤를 가만가만 따라가다, 집 앞에서 마주친 것처럼 연기했다.

"어머니, 늦으셨네요."

"그래, 동료들과 술 한잔 마시느라 늦었다."

어머니는 거짓말을 하고, 나는 '카바레' 앞에서 봤다는 말은 하지 않았다. 어머니는 내가 고등학교를 졸업해도 장래에 대해서 신경을 안 썼다. 하루는 지나가는 말로 툭 던졌다.

"엄마, 요새 '까막바위 굴'에서 매일 노래를 불렀더니 목청도 트여 실력이 많이 좋아졌는데, 서울에 있는 가수 학원에 한 번 가볼까요?"

"이젠 네 일, 네가 알아서 해라."

어머니의 무심한 말에 섭섭했지만 어쩔 수 없는 현실이었다. 막상 서울까지 왔으나 가수가 되는 길이 대학 진학보다 더 어렵다는 걸 알고, 나는 분수에 맞는 운전면허를 따서 내려왔다. 이날 밤, 어머니와 나는 감춰둔 사연을 솔직하게 털어놓았다.

"자, 어른이 다 된 하나뿐인 우리 아들에게 술 한 잔 권하마!"

"감사합니다. 철없는 나를 이렇게 키워줘 고맙습니다."

"고3 때, 이 어미에게 권했던 사교춤을 내가 진작에 춘다는 걸 알았지?"

"고3 때, 카바레에서 나오는 걸 우연히 봤어요."

"말릴 생각도 해봤어?"

"그런 생각은 안 했어요. 춤 세계가 어떤 건지, 또 똑똑한 우리 엄마가 알아서 하겠지, 이렇게 생각했어요."

"그래, 우리 아들이 청상과부로 살아가는 나를 이렇게까지 이해해 주니, 대견하고 고맙다."

어머니는 그날 밤, 블루스를 추게 된 사연을 털어놓았다. 어느 겨울날. 눈이 한 송이 두 송이 휘날리더니, 제법 쏟아지기 시작했다. 이 눈을 맞으며 아무도 없는 집에 가려니 망설여졌다. 발걸음은 자연스레 양복점으로 향했고, 황 사장이 기다리고 있었다는 듯이 문을 열고 어서 들어오라 손을 잡아당겼다.

"눈이 이렇게 내리는데, '고향설' 듣다가 그치면 집에 가시오."

"예? 그래도 됩니까요?"

"그럼요. 노래 듣는데, 어디 돈 들어요?"

"미안하고 고마워 그러지요, 뭐."

"괜찮아요. 밤이 되면 댁 같은 아줌마들이 여럿 와요."

"전축 노래 들으려고요?"

"노래도 노래지만 춤도 추지요."

"춤이요?"

"아주머니도 추고 싶어요?"

"에이, 내 주제에 뭔 춤을 춰요?"

"답답한 세상, 춤추면 다 사라지는데도요? 게다가 재미도 있고, 젊은 사내도 사귀는데?"

"어디서 배우는데요?"

"본격적으로 추려면 카바레에서 강습료 내고 배워야지요."

"정말요? 그런데, 난 춤보다 노래가 더 좋은데요. 어르신네 집 전축 소리는 라디오 소리와는 달라요."

"맞소. 소리가 크고 자연스럽게 나게 하려면 진공관이 커야지요."

"진공관이 뭔데요?'"

"전축 속에 전구가 네 개가 있는데, 여기에 전자파가 튕기며 열이 생기면 소리가 증폭되어요. 이 소리를 두 개의 스피커로 나오게 하는데 이걸 스테레오 앰프라 해요. 60년대 중반부터 음악 애호가들이 이 전축을 많이 찾아요. 우리 동네에서는 우리 집 전축이 유일하지요."

"사장님은 노래를 왜 좋아하게 됐어요?"

"외로웠으니까요. 나는 꼬마 때부터 친척 아저씨 소개로 양복점에 들어와, 잔심부름과 청소부터 시작했어요. 부모님이 일찍 돌아가셔 어쩔 수 없었지요. 우연히 전파사 앞을 지나는데 백년설의 노래가 너무 내 가슴에 와닿았어요."

"어머나, 나와 같은 처지였네요."

"전쟁과 가난의 세월 앞에서는 다들 그렇지요, 뭐."

"그런데, 어떻게 전축을?"

"노래는 외로움을 달래주고, 전축은 꿈을 심어주었지요. 하루 빨리 돈을 벌어 우리 동네에서 가장 큰 전축과 백년설 가수의 레코드판을 모두 사기로 작심했지요."

"어쩜! 나도 그런 꿈을 꾸어야지."

"살림살이 책임을 진 사람에겐 전축이 큰 부담이 되지요. 나 같은 사람을 친구로 삼으면 같이 듣고 즐기면 되지, 이런데 돈 쓰면 가족들이 뭐라 하겠어요?"

"정말 그렇겠네요. 여기 자주 와도 괜찮아요? 사모님이 괜한 오해를?"

"전혀 괜찮아요. 우리 집사람은 내 별짓도 다 이해하고, 용서해 줘요. 자주 절에 가서 나날이 불심이 깊어졌고, 내가 살아온 길을 누구보다 안타깝게 여겨 아예 간섭을 안 하죠."

"정말 사장님은 복 받으신 분이시네요."

어머니는 어판장에서 일이 끝나면 동료들과 술 먹는 대신 전축이 있는 양복점으로 자주 갔다. 소파에 앉아 주로 '백년설'과 아내인 '심연옥'의 노래를 듣다 보면 별세계를 탐험하는 것 같았다. 게다가 밤이 되면 어머니 연배의 아줌마들이 불 꺼진 양복점 문을 살며시 열고 들어와 소파에 앉았다. 시간이 좀 지나면 신사복과 백구두를 신은 중년 신사들이 들어왔다. 희미한 전등불 밑에서 중년 남녀가 서로 부둥켜안고, 음악 리듬에 맞춰 당기고 밀고 돌기 시작했다. 멍청하게 구경만 하던 어머니에게 황 사장이 손을 먼저 내밀었다.

"처음엔 몸이 굳어 어색하고 아무 생각도 안 날 거요."

"어떻게 하면 돼요?"

"자자, 긴장을 풀고 노래 리듬과 박자에 몸을 맡겨요. 그리고 내가 이끄는 대로 다가서고, 밀면 뒤로 가고, 또 팔을 돌리면 몸을 한 바퀴 돌려요. 무엇보다 노래 리듬을 익히면 자연스레 몸동작에 익숙하게 돼요."

"생각보다 어렵네요."

"나한테 기초와 이론만 익히고, 계속 춤추고 싶으면 카바레에서 전문 강사에게 정식으로 배워요."

어머니는 덕장 동료인 춘자 엄마와 같이 카바레에 가서 수강료를 내고 본격적으로 춤을 배우기 시작했다. 반년쯤 지났을 때, 어머니가 나를 불렀다. 술 냄새가 나지 않았지만, 얼굴이 불그스레 보이고 입가에 미소가 멈추지 않았다.

"엄마, 좋은 일 있었어요?"

"왜, 그렇게 보여?"

"복권 당첨된 사람은 아무 일도 아닌 것처럼 숨기지만, 얼굴과 몸에 나타나잖아요."

"어떻게?"

"그냥, 느낌으로 알고 '복권 당첨됐어?'라 먼저 묻잖아요."

"정말, 나도 그렇게 보여?"

"평생 처음 보는 엄마 모습 같애요."

"사실, 나 오늘 황 사장이랑 정식으로 블루스 추었다."

"어쩐지, 평시와 다르다고 했지. 춤출 때 기분이 어때요?"

"이놈이! 시방 뭔 생각을 하며 묻는 거야? 나는 한 번도 박자를 놓치지 않고 리듬을 제대로 타며 춤을 추었다."

"황 사장이 뭐라고 했어요."

"춤을 3년 춘 사람처럼 잘 춘다고 칭찬했어."

내가 춤에 빠진 사람들을 처음 본 것은 시끄럽고 삭막한 공장

안이었다. 산소통 배달 업소에 취직하여 산소와 아세틸렌을 만드는 공장으로 갔을 때였다. 공장은 매일 매연 냄새가 번졌고, 기계 소음이 끝없이 들렸다. 그날따라 산소통 배달하다 하필이면 점심시간에 공장으로 들어갔다. 식당에서 직원들이 점심을 먹고 나오더니, 여러 명이 짝을 지어 컨베이어벨트가 돌고 있는 기계실에서 카세트 플레이어를 크게 틀어놓고, 동료끼리 부둥켜안고 춤을 추고 있었다.

"슬로우 슬로우, 퀵퀵!"

그들은 진지한 얼굴로 마주 보다, 입으로 구호를 붙이며, "팔로 부둥켜안았다, 풀고, 빙글빙글 돌고, 멈추고"를 반복했다. 기계 소음이 노래보다 더 큰 현장에서 그들은 진지하게 춤을 추었다. 점심시간이 끝날 때까지 춤 연습을 거듭하다, 각기 현장으로 돌아갔다. 이들 중 몇몇은 카바레에서 전문 강사에게 춤을 더 지도받아, 전문 춤꾼이 되어 많은 여자와 손을 잡고 춤을 추었다. 춤바람이 공장과 카바레에 신나게 불더니 일 년쯤 지나자, 기계실에서 춤추던 직원 수가 확연히 줄어들었다. 나는 친하게 지내던 선배에게 그 이유를 묻자, 그는 인상을 찌푸리며 말했다.

"사교춤 춰서 잘 된 인간 한 놈도 못 봤다."

"아니, 내 눈에는 멋있게만 보이던데요."

"이놈이? 정신 차려라. 춤추다 가정 파탄 난 놈들이 한둘인 줄 아나?"

"아니, 리듬에 맞춰 남녀 마주 보며 춤을 추는데, 파탄이라뇨?"

"그래, 남녀가 껴안고 몸을 움직이다 보면 엉덩이며 가슴이며 허벅지가 만져지는데, 그 흥분이 카바레를 나오면 끝나겠냐? 이 차로 여관에 가서 몸 풀어야 할 것 아니야?"

"설마요?"

나는 덜컥 겁이 났다. 만에 하나, 우리 엄마도 바람난다면? 나는 일찍 퇴근해 어머니를 기다렸다. 평시와 다른 얼굴로 있는 나를 보고 어머니가 먼저 물었다.

"오늘 웬일로 일찍 퇴근했네?"

"할 말이 있어서요."

나는 공장에서 들은 이야기를 했다.

"그래, 사교댄스를 추다 보면 그런 일이 종종 있지. 사실 춘자 엄마도 나 몰래 만나는 남자가 있다. 춤추다 보면 여러 사람이 가정 파탄이 나는 경우가 많아. 다행히 나는 처음부터 이날까지 황 어르신이랑만 춤을 추었다. 그분에게 신세를 좀 많이 졌나? 나를 감싸고 보호해 주는 분이니, 연애할 수는 없잖아."

"정말, 그렇겠네요."

나는 춤추는 사내처럼 어머니를 얼싸안았다.

"이놈이 왜 이래? 이 엄마 춤바람 날까 걱정을 마라. 황 어르신이 끝까지 지켜준다고 하셨다."

"고맙네요. 그분."

어머니는 황 사장하고만 춤춘다는 말에 나는 안심했다. 사실, 그즈음 양 사장과 함께 나도 춤을 배우기 시작했다. 게다가 양 사장이 소개한 아가씨와 선을 보고 결혼까지 했다. 나는 까막바위에서 노래 연습을 많이 한 탓인지 빨리 리듬을 타서 블루스, 지르박, 탱고까지 출 수 있었다. 나는 꽃 핀 봄날처럼 춤에 몰입해 우울하고 건조한 일상을 탈피했다. 그러나 이런 봄 같은 날은 오래가지 못했다. 이웃 시에 있는 카바레로 원정 갔는데, 그곳에서 처음 본 사내와 춤추는 아내를 보았다. 나는 밖으로 슬며시 나와 눈물을 흘리다가 그냥 집으로 돌아왔다. 아무 일 없었다는 듯이 지나쳤지만 결국 사소한 문제로 싸우다 이혼까지 하게 되었다. 나는 아내와 어머니에게 '외간 남자와 춤추던 아내' 이야기는 끝내 하지 않았다. 이혼 후, 나는 지금까지 한 번도 춤을 추지 않았다.

어머니는 어판장과 덕장의 일손을 놓고부터 노인회관에 꾸준히 나갔다. 그러던 어느 날, 집에만 있는 어머니에게 이유를 물었다.

"너 때문이다, 이놈아."

"왜요?"

"할마시들이 모였다 하면, 자식 자랑 손주 자랑인데, 나는 개뿔이라도 뭐가 있어야 자랑하지."

"손주 이야기 그게 다 뻥튀기예요. 자존심 싸움이라고요."

"사실, 난 할 일이 생겼다."

"뭐 하시려고요?"

"내 어렵던 시절, 노래와 춤으로 포근히 안아준 황 어르신을 집으로 모시려 한다." "예? 우리 집으로요? 왜요?"

"이놈아, 너 보고 모셔 오라고 안 했고, 네가 출근하면 오시니 걱정하지 마라."

"매일 노인네를 모시고 오고 가는 게 만만치 않을 텐데."
"걱정도 팔자다. 그 집 아들이 매일 모셔 오고 가기로 했다."
"아드님은 뭘 하는데요?"
"양복점은 폐업하고 메이커 기성복점을 한다더라."

어머니는 결심을 단단히 한 것처럼 보였다. 겨우 걷는 노인네를 방 안으로 모셔가 침대에 눕히고, 이런저런 대화를 나누다가 낮잠을 재우고, 깨면 점심 식사를 같이했다. 점심 후에는 목욕탕으로 데려가 미지근한 물로 몸을 씻기고, 좋았던 시절에 대해 이런저런 대화를 나누다, 잠이 들면 어머니도 옆에 같이 잠들었다. 오후 늦게 깨어서 저녁을 같이 먹고, 해 질 무렵에 아들이 모시러 오면 어머니가 대문까지 부축해 나가 차 뒷좌석에 태우고 안 보일 때까지 손을 흔드셨다. 황 사장이 지난여름에 돌아가시자 어머니도 하루가 다르게 몸이 약해지셨다. 마지막 소원이 38선 북쪽에 있는 휴전선을 보고 싶다, 하여 고성으로 모시고 갔다. 어머니는 휴전선 북쪽을 바라보며 '나그네 설움'을 불렀다.

 황혼이 찾아들면 고향도 그리워져 / 눈물로 꿈을 불러 찾아도
 보네 ~

어머니도 결국 삶의 의욕을 잃고 작년 가을에 숨을 거두셨다. 나는 묘소 앞에 엎드려 절을 두 번 올리고, 핸드폰을 꺼내 '백년설'의 노래 모음의 재생 버튼을 눌렀다.

6

동짓달 스무닷새

　동트기 무섭게 동네 스피커에서 통장의 걸걸한 목소리가 흘러나왔다.
　"아, 아 마이크 시험 중! 오늘 오전 10시부터 동사무소에서 3차 백신 접종 행사가 있사오니, 2차까지 맞은 주민분들은 한 분도 빠짐없이 참여하십시오. 아, 아. 그리고 이번 백신 주사는 미국 제품 화이자라고 합니다."
　2차 접종 후 근육통으로 고생했던 아내가 눈을 반짝이며 아침부터 서둘렀다. 어저께 이미 반장을 통해 화이자 약이라는 걸 알았던 터라 머리 감고, 화장하고, 외출복으로 갈아입고 나서, 느릿느릿 움직이는 내 꼴을 못마땅하게 여겼다.
　"아, 9시가 다 돼가는데 세수도 안 하고 뭐 해요?"

"10시부터라며?"

내가 시큰둥하게 반문하자 난데없이 약 이름을 댔다.

"아, 주사약이 화이자라 하잖아요."

"다 같은 주사약이지, 그건 안 아프대?"

"냉동 상태로 미국에서 왔기 때문에 100여 명이 모여야 박스를 연다잖아요. 또, 다른 약보다 부작용도 적고."

"허, 당신도 우리 할아버지, 아버지처럼 그놈의 역병으로 죽을까 봐 무서운겨? 팔순 나이까지 살았으면 됐지, 별걸 다 겁내고 있어?"

"시끄러워욧, 빨랑 갑시다."

아내의 성화에 서둘러 동사무소로 갔지만 벌써 눈에 익은 이웃 할멈들이 50여 명이나 의자에 앉아 있었다. 아내가 얼른 빈 의자에 앉으며 내 소매를 잡아당겼다. 딱딱한 접의자에 앉아 벽에 걸린 시계를 보니 9시 30분이 막 넘고 있었다. 10시부터 접종이니 한참이나 더 기다려야 하다니! 아내에게 눈을 흘기며 주위를 돌아보니, 동사무소라 그런지 다들 떠들지 않고 눈만 끔벅이고, 몇몇 노인들은 고개를 끄덕이며 잠들어 있었다. 열이면 열 사람 모두 마스크로 얼굴을 가려 누가 누군지 알 수 없었지만, 곧 여기저기에서 "고모님! 이모님! 숙모님!"이라 부른 후 여자들의 수다가 시작되었다. 나도 할멈들 수다가 정겹다는 듯이 귀는 열어놓고 눈은 감았다.

"샛집댁도 왔소?"

"누구신지? 아, 예 길갓댁이네. 오랜만이네요."

아내가 뒷줄의 마스크 쓴 할멈과 손을 잡고 흔들며 큰소리로 말했다. 나도 오랜만에 '샛집'이란 우리 집 택호에 반가워 뒤돌아보았다. 마스크에 숨겨진 얼굴을 자세히 보니 오래전에 이웃 마을로 이사 갔던 '길갓집' 안주인이었다. 두 할멈의 수다에 내가 낄 틈이 없었다. 나는 살 빠진 엉덩이를 뒤척이다 다시 눈을 감으니, 우리 집과 유난히 길고 긴 역병과의 악연이 떠올랐다.

우리 집 택호는 새로 집을 지었다 해서 '새집'인데, 동네 사람들은 꼭 '샛집'이라 불렀다. 3대 독자 아버지는 결혼하자마자 아들을 쑥쑥 낳아 독자(獨子)라는 말을 벗어나고 싶었다. 그러나 어머니가 첫딸인 큰 누님을 낳자, 아버지는 처마에 앉아 허탈한 모습으로 담배를 끔벅끔벅 피우며 한숨과 연기를 섞어 내뱉었다. 이때 대문 밖에서 목탁 두드리는 소리가 나자, 부엌에 있던 어머니가 보리쌀 한 바가지를 갖고 나와 스님에게 시주하며 물었다.

"스님, 어찌하면 떡두꺼비 같은 자식 하나 볼 수 있겠소?" 스님은 대문 안으로 들어와 이리저리 훑어보더니, 어머니에게 말했다.

"본가보다 저기 행랑채 자리에 기가 더 세니, 거기다 새집을 지어보시요."

아버지는 처마에서 이 말을 듣고, 밑져야 본전이란 심정으로 새집을 짓기로 마음을 다잡아 먹었다. 당시 돈이 될 만한 재산은 암소 한 마리와 논 여섯 마지기, 선산이 전부였다. 아무리 아들 욕심이 크다 해도 논이나 소는 물론 선산을 팔 수 없었다. 아버지는 석달 열흘 궁리한 끝에 내린 결론이 논 여섯 마지기를 삼년 동안 '물도지'를 주고, 선납 목돈을 받는 거였다. 다행히 소문이 나자 '길갓집'에서 소 판 돈을 갖고 와 논을 맡았다. 아버지는 그날부터 논농사 짓는 대신 선산에 올라가 집 재목으로 쓸 나무를 찾았다. 돈은 주로 굵은 나무를 베어주는 '거두쟁이'와 먹줄을 튕기며 재단하고 대패질하는 목수의 삯과, 기와와 시멘트 등 자재를 사는 데에 썼다. 그 외 온갖 잡다한 일은 아버지 혼자 손수 처리했다.

삼년 만에 집이 드디어 완성되자 일가친척과 이웃을 초청해 동네잔치를 벌였는데, 그날이 정월 스무닷새였다. 그런데, 잔치를 벌인 후 스님의 예언과 아버지의 집념 덕에 아들을 낳을 것이라고 찰떡같이 믿었는데 또 어머니는 둘째 딸을 낳았다. 어머니는 너무나 미안해 시어머니 앞에 엎드려 대성통곡을 하였다. 할머니는 속마음을 감추고 우는 어머니를 달랬다.

"걱정마라. 딸을 둘이나 낳았는데, 설마 아들 하나 못 낳겠느냐?"

"맞아요, 어머님. 다음엔 새집 기운을 받아 꼭 아들 낳을 테니 실망 마세요."

모두의 바람이 절실해서일까, 아니면 새집의 기가 뻗쳐서일까. 2년 후 어머니는 장남인 나를 낳고, 2년 터울로 남동생 둘을 내리 낳았다. 아버지는 이때마다 선산으로 올라가 할아버지 묘 앞에 엎드려 소원을 빌었다.

"아버님, 이제 우리 집은 자손 걱정 안 해도 될 것 같습니다. 이 모든 덕은 평생을 홀로 사시며 가시밭길 같은 나날을 헤쳐 나오신 어머님 덕이지 않습니까. 그러니 이제라도 어머님을 가시밭길이 아닌 꽃길만 걷게 해주십시오."

독자인 할아버지는 19세 나이에 결혼했지만, 자식이 생기지 않자 매일 노심초사로 살았다. 그러다 10년 만에 드디어 꿈에도 그리던 아들을 낳자, 덩실덩실 춤을 추며 기뻐하셨다. 매일 일하러 나가기 전에 아기를 안고 소원을 빌었다.

"어서 빨리 무럭무럭 건강하게 자라라. 그래야 손이 적은 우리 집안을 저기 대추나무처럼 크게 일으키지 않겠느냐?"

할아버지는 아들 하나 낳고 '금이야 옥이야!' 기뻐하셨지만, 둘째가 태어나지 않자 또다시 슬픔에 잠기셨다. 더구나 전국을 휩쓴 망할 놈의 역병에 전염이 되어 그만 세상을 뜨고 말았다. 하루아침에 청상과부가 된 할머니는 외아들을 키우기 위해 한평생을 고난 속에 살아야만 했다. 다행히 외아들(나의 아버지)은 조상이 돌본 탓인지 큰 탈 없이 성장했고, 장가를 가더니 두 딸과 아들 셋을 내리 낳으셨다. 할머니는 아들 내외가 논과 밭으로 일하러 나가면 손주 다섯을 지극정성으로 키우셨다. 그렇게 손주들을 키우고 보는 낙으로 83세까지 평온한 나날을 보냈는데, 세월 앞에 장사가 없다는 듯이 햇볕이 따뜻한 어느 봄날 노환으로 돌아가시고 말았다. 외아들 내외는 말할 것 없고, 할머니 덕으로 큰 두 손녀와 세 손자는 큰 슬픔에 빠져 곡기마저 끊고 할머니와의 이별에 애통해했다.

외아들은 어머니 시신을 밤새도록 지켜보다가 새벽녘에 손수 염하였지만, 또 다른 번민에 해가 떠올랐어도 자리에서 일어날 수 없었다. 하필이면 곳간에 쌀 한 톨 없는 보릿고개라 장사 날을 잡을 수 없었기 때문이다. 평생을 외아들인 자신을 위해 희생하신 어머니를 그냥 보내 드릴 수 없었다. 이승에서는 가시밭길을 걸었지만, 저승으로 가는 길이나마 편하게 보내 드리고 싶었다. 당시(60년대)에는 집안 형편에 맞춰 별도로 날을 잡아 장사를 지내는 집이 많았다. 외아들은 어머니와 상의를 한 끝에 보릿고개를 벗어나 가을에 장사 지내기로 했다. 할머니 시신을 울타리 밑에 토롱으로 모시고 말뚝을 박아 가마니로 둘러쳤다. 또, 새집 지을 때 물도지를 주었던 논 여섯 마지기에 조생종 벼를 심었다. 이 벼는 일반 벼에 비해 수확량이 적었지만, 장사 지낼 때 문상객과 상여꾼에게 대접하기 위한 제일 나은 선택이었다.

상가를 찾은 상객에게 가난을 핑계로 잡곡으로 대접하면 상주는 천하의 불효자식이고 막돼먹은 집안이란 소리를 들어야만 했다. 여섯 식구는 하루도 빠지지 않고 밤낮으로 논에 나가 혹여나 병충해가 들까, 논물이 마를까 염려했다. 다행히 큰 피해 없이 벼 이삭에 알이 차서 고개를 숙이자, 매일 논에 가 피를 뽑고 참새와 쥐를 쫓았다.

"훠이, 훠이! 이놈들아, 우리 엄니 저승 가는 몫인데 비켜라, 비켜!"

마침내 벼가 여물자 한 묶음 한 묶음 베어, 아버지는 지게에 지고, 어머니와 누님들은 머리에 이고, 나와 동생들은 가슴에 안고 집으로 왔다. 볏단을 햇볕 잘 드는 마당에 말렸다가, '와릉 와릉!' 하며 탈곡기를 돌려 낟알을 털어내, 정미소로 갖고 가 도정을 했다. 드디어 꿈에 그리던 쌀 다섯 가마를 건질 수 있었다. 아버지는 쌀을 곳간에 넣어놓고, 풍수를 모셔 와 할머니의 묏자리를 찾으러 나를 앞세워 선산에 올랐다. 풍수는 할아버지 옆자리에서 패찰로 앞산과 주변 산을 보더니, 좋은 자리가 아니라며 고개를 살래살래 흔들었다. 결국 이리저리 헤매다 풍수가 지목한 묏자리에 소나무 가지로 표시한 후, 할머니 장사 날을 일가친척과 동네에 부고를 냈다.

이웃 사람들과 친척들은 내 일처럼 여겨 우리 집에 들러 각자 맡은 일을 시작했다. 남자들은 곳집으로 가서 명석, 광목 휘장, 소반과 그릇을 갖고 와 마당에 명석을 깔고 광목 울타리를 쳤다. 어머니는 부엌에서 귀한 이밥을 하고, 아주머니들은 뒤꼍에서 된장을 푼 미역국을 끓이고, 솥뚜껑에 전을 부쳤다. 우물가에서는 젊은 새댁이 설거지를 전적으로 맡았고, 곳간에는 마을 청년회장이 관리하는 술 통자(항아리)가 있었다. 마을 사람의 부조는 된장과 농주였고, 이웃 마을과 친척은 양초, 소주가 대다수였다. 서당을 다녀 글을 아는 이들은 고인에 대한 애도의 글을 쓴 만장이나 한지를 부조했다. 이들 중 제일 바쁜 이가 농주 담당인 청년회장이었다. 농주를 집에서 미처 담그지 못한 집은 양조장 막걸리를 사 가지고 왔다.

읍내에 있는 양조장은 마을마다 상을 당하는 집이 생기면 통보해 주는 연락책을 두었다. 상을 당하면 자전거에 막걸리 통자를 싣고 와, 마을회관에 보관 중인 큰 항아리에 부어 놓고 주전자로 팔았다. 청년회장은 농주와 막걸리를 혼합해 새로운 술을 만들었고, 단지에 술이 떨어지지 않게 조정하는 재주를 가져야만 했다. 문상객 몇 명이 찾아오고, 단지 안의 술이 얼마 남았는지를 수시로 체크해 조정했다. 특히 출상 전날에는 바가지 밑이 바닥에 닿으면 비상조치를 취해야만 했다. 가장 좋은 방법은 남은 막걸리에 소주를 타는 거였다. 이 술을 마신 문상객은 몇 잔만 마셔도 취해 횡설수설하였다. 마을의 아이들도 상갓집으로 많이 왔는데, 대다수 부엌과 뒤안으로 가서 얼찐거렸다. 아이들의 엄마는 마치 기다렸다는 듯이 손짓해 이밥과 미역국, 지짐이, 고사리무침을 먹였다.

    상군들은 삼시세끼를 상갓집에서 해결했다. 동네 아낙네들은 뒤안에서 노상 불을 때어 미역국을 뜨시게 하였다. 상갓집에서 누구보다도 극진히 모셔야 할 분들이 동네 상군들이었다. 이들에게 매 끼니마다 뚜가리에 이밥을 고봉으로 담아 배불리 먹였다. 밤에 집으로 돌아갈 때도 고봉으로 이밥을 주면, 대다수 한 술만 먹고 집으로 가져가 식구들에게 이밥 맛을 보였다. 상군들은 입제날이 되면 곳집에서 갖고 온 충나무 두 개로 큰 틀을 조립하고, 소나무로 만든 연줏대로 가로질러 상여 틀을 놓았다. 이어 광목천으로 우측에 두 줄, 좌측으로 두 줄로 단단히 조였다. 뒷방에는 동네 처녀들이 모여 앉아 하얀 종이로 상여 꽃을 만들었다. 드디어 상여가 나가는 아침이 되면 마당에서 앞구잡이 뒷구잡이를 정하고 신참은 관 허리에 배치해 연습을 했다.

    운구 중에 고갯길과 산길을 오를 때는 뒷구잡이가 힘쓰고, 내리 바탕 길은 앞구잡이가 힘쓰고, 좁은 비탈길은 중간잡이가 애먹으니, 그 요령을 연장자가 일장 연설로 가르쳤다. 드디어 꽃상여가 선산으로 향하면, 삼베옷을 입은 상주가 "아이고, 아이고!" 곡소리를 하며 상여 뒤를 따랐다. 아버지 바로 뒤에서 땅만 보고 곡하며 걷다 보니, 풍수가 표시해 둔 소나무 가지 옆에 다다랐다. 상군들이 땅을 팠고, 아버지와 우리 삼 형제는 곡을 하며 한 삽 한 삽 올라오는 흙을 보았다. 그런데 아버지 낯빛이 점점 어두워졌다. 나는 무슨 일인가 싶어 묫자리 속을 보니 물기가 머금은 흙 색깔이 보였다. 아버지는 풍수에게 항의하듯 손으로 땅을 가리키자, 풍수가 도리질하며 한마디 했다.

"이 정도는 상관없어요. 땅속이 다 이렇게 축축하지, 뭐!"

상군들은 꽃상여를 들어내 불태우고, 관을 땅속에 넣고 흙을 메우며 달구질 소리를 시작했다. 봉분 모양이 잡혀가는데도 아버지는 찡그린 얼굴을 펴지 않고, 처량하게 곡을 하며 '아이고, 어머니!'를 반복했다. 다들 홀어머니 죽음에 애가 타서 우는 걸로 아버지를 여겨 한마디씩 했다.

"역시 효자는 다르네."

"어찌, 저리도 슬퍼할 수 있단 말인가?"

나는 아버지의 통곡 속에, 묫자리에 문제가 있다는 것을 감지했다. 내일이든 모레든 아버지를 모시고 와 봉분을 다시 파서 확인하기로 마음먹었다.

할머니 장사를 치른 후, 두 가지 일이 동시에 나에게 닥쳐와 혼란에 빠져버렸다. 하나는 보름 후, 군에 입대하라는 영장이 나온 것이고, 또 하나는 아버지가 자리에 드러누운 것이다. 머리에 손을 대보니 뜨거울 정도였다. 천장을 향해 똑바로 눕지 못하고, 머리를 베개 옆으로 해 계속 잔기침을 했다.

"아이고, 망할 놈의 역병에 우리 아부지도 걸리신 게 아녀?"

장사 지낸 뒤 집 안을 정리하던 큰 누님이 소리를 질렀다. 할머니 장사를 지내는 동안 아랫마을에 역병이 번져 여러 사람이 하늘로 갔다고 했다. 아직 우리 마을에는 없었지만 언제 번질지 모른다고 아낙네들이 수군 수군거리던 터였다. 작은누님도 아버지 이마에 손을 대더니, 뒤로 나앉으며 울음을 터트렸다.

"아이고, 우리 아버지. 할머니 장사를 지내자마자 이게 뭔 업보래요."

"그러고 보니 할아버지에 이어 아버지도 역병에 걸리다니!"

두 누님이 손바닥으로 방바닥을 치며 통곡했다.

"왜들 그래요? 돌아가신 것도 아닌데, 지레짐작으로 왜 이래요?"

나는 두 누님에게 핀잔을 주면서도 '설마?' 하며 아버지 가슴에 귀를 댔다. 아버지가 눈 감고 속삭이듯이 말했다.

"큰 애야! 아직 내가 안 죽었다. 니가 군대 가기 전에 할머니 묘를 손 봐드려야 하는데, 우찌할꼬?"

"아부지! 걱정 마세요. 내가 다 알아서 할게요."

"그래, 그래!"

아버지는 어쩌지 못하고 뒷전에서 울고만 있는 어머니를 손짓으로 불렀다.

"여보게, 미안했네."

"뭔 소리요? 금방 갈 사람처럼."

"그래, 나한테 시집와서 마음고생, 몸고생시켜 미안했네. 수고 많았네."

"내가 뭔 수고를 했다고? 별소리 다 듣소!"

아버지는 어머니 손을 맥없이 놓고 잠이 들었다. 나는 누워있는 아버지에게 염려 마시라고 했지만, 하루가 다르게 기력이 쇠해지셨다. 하루 종일 눈을 감고 신음만 냈다. 나는 급한 마음으로 이종사촌 형님을 집으로 모셨다. 형님은 6·25사변 때 군의관 보조병으로 근무해 동네 의사로 통할 정도로 병에 박식했다. 형님은 잠이 든 아버지의 팔을 들어 맥을 짚고, 손가락을 목에 대고 숨소리를 체크했다. 인기척에 아버지가 실눈을 뜨고 겨우 말했다.

"조카님, 나 좀 살려주게. 어머님 묘를 이장해야 하는데 이 꼴이네."

"아이고, 별걱정을 다하십니다."

"아니야, 나한테 어떤 어머니인가? 이대로 눈 못 감지. 그리고 큰 애가 군대 영장이 나왔다잖아."

"염려 놓으세요. 어련히 알아서 다 할 겁니다."

형님의 다독이는 말에 아버지는 다시 눈을 감았다. 얼마 지나지 않자, 숨소리가 점점 약해졌다. 형님도 이상한 감을 느꼈는지, 바시 속으로 손을 넣고 엉덩이 쪽을 만졌다.

"가는 길 못 막겠네. 항문이 열렸네."

"아이고, 아버지!"

나는 방을 나와 먼 하늘을 보았다. 맑은 하늘에 구름 한 점 보이지 않았다. 울음소리가 새어 나오는 방을 보자 문득, 내가 이 집안의 장손이란 생각이 들었다.
'그래, 이제부터 아버지 역할을 내가 해야 한다.'
나는 농 안에서 아버지 옷 한 벌을 꺼내고, 부엌에 들어가 사잣밥을 세 접시에 나누어 담았다. 신발을 옷에 포개어 사다리를 지붕에 걸쳐놓고 올라가 아버지 이름과 나이 주소를 고하며 저승사자를 불렀다.

이튿날 나는 동네의 김 구장(통장) 집으로 향했다.
"구장님, 저랑 읍사무소에 같이 좀 가시죠."
"자네, 밑도 끝도 없이 시방 뭔 말인가?"
"아버님이 어젯밤에 사망하셨습니다."
"하이코, 건강하시던 분이 뭔 일이레? 설마, 그놈의 역병? 하이코, 우리 동네도 큰일이네! 그런데, 뭔 일로 읍사무소에?"
"입대 보류에 보증을 좀 서주세요."
나는 입대 용지를 흔들며 울먹였다.
"그래 그래, 하필이면 이때 입대 영장이 나오다니!"
김 구장은 아버지와 막역한 사이였고, 나를 믿음직한 청년으로 인정했었다. 17살이 되던 해였다. 아버지는 김 구장이 모친상을 당하자, 나를 품앗이 상군으로 참여시켰다. 가만히 앉아 있어도 땀이 줄줄 흘러내리는 삼복더위였다. 나는 할머니를 떠올려 곳계의 일원으로 당당히 참여했다. 동네 형들은 어린 나를 보더니 막걸리부터 한 사발 생겼다. 어른들 몰래 소 먹이려 산에 올랐다가 친구들과 가만히 찔끔찔끔 마셔보았지만 당당하게 마시는 술은 처음이었다. 더위 때문인지 시큼한 냄새가 났지만, 나는 막걸리 한 대접을 눈 질끈 감고 다 마셔버렸다.

"하, 샛집 장남이 이제 어른이 다 됐구만!"

여기저기에서 잔을 내밀자, 나는 서슴없이 받아 마셨다. 내 술 실력에 마을 어른들이 정식으로 상군 대접을 해주며 물었다.

"상여꾼 노릇 처음이지?"

"예, 첫 경험이지만 힘은 자신 있습니다."

나는 술 힘으로 큰소리쳤다.

"그래? 그럼, 관 허리를 맡게. 그리고 저기 도랑가에 있는 초피나무 잎을 한 움큼 훑어 손바닥에 비벼 주머니에 넣어 놓게."

"왜요?"

"내일 운구할 때 보면 저절로 알게 돼."

상여 메고 묘지로 가는 길은 그야말로 인생길이었다. 연일 삼복더위가 계속되어 장지로 가는 출상 날도 아침부터 열기가 푹푹 쪘다. 나는 관 허리에 자리 잡고 광목 끈을 어깨에 메고 상군들과 같이 일어섰다. 집을 나와 동네 길을 벗어나 산길에 접어들자, 숨이 턱턱 막히기 시작했다.

냇물이 흐르는 좁은 다리도 건너야 했고, 비탈길에는 미끄러지고, 언덕길은 죽을 똥을 쌀만큼 힘들었다. 땀이 계속 눈으로 들어갔고, 힘은 점점 빠져 무릎이 자꾸 꺾였다. 광목으로 엮은 매듭이 어깨의 맨살에 허물을 벗겨버려 피가 나고 쓰라렸다. 막판 산 오르막길에 오르자, 상군 모두 콩죽 같은 땀을 흘리느라 얼굴이 벌겋게 달아오르고 신발에 땀이 흥건했다. 좁은 비탈길에 다다르자, 상여가 기울며 썩은 냄새가 진동하고 관에서 물이 흘러내려 내 온몸으로 쏟아졌다.

 순간 나는 냄새가 역겨워 몇 번이고 줄을 놓고 줄행랑치고 싶었다. 나는 깜빡 잊었다는 듯이 얼른 주머니에서 초피나무잎을 꺼내, 콧구멍과 귓구멍을 막고 눈을 감으니, 냄새가 덜 나는 듯싶었다. 묘지에 닿자, 온몸에서 나는 지독한 냄새에 도저히 견디지 못하고 집으로 내달렸다.

 옷을 훌러덩 벗고 우물가에서 볏짚에 재를 묻혀 몸 곳곳을 문지르고 물을 뿌렸다. 아무리 온몸을 문질러도 지독한 냄새는 사라지지 않았다. 나는 집 안으로 들어가 새 옷을 꺼내 입을 생각도 못 하고, 냄새가 밴 옷을 세숫대야에 넣고 발로 밟아 몇 번이나 새 물로 씻어내 다시 입고 산으로 뛰어올랐다. 바짓가랑이로 물이 뚝뚝 떨어졌다. 강한 햇살에 겉옷은 말랐지만, 냄새는 여전했다. 구장은 내가 다시 산으로 올라오자 기특하게 여겼지만, 내 몸에서 나는 냄새에 콧살을 찡그리면서도 '대단한 청년!'으로 인정해 주었다.

 나는 김 구장 뒤따라 읍사무소에 들어갔다. 한 발을 딛을 때마다 나무판자로 된 바닥에서 삐거덕삐거덕 소리가 났다. 나는 그 소리에 괜히 기가 죽었지만 김 구장은 '호병계' 팻말이 있는 창구로 가더니, 담당자 대신 뒷자리 회전의자에 앉아 있는 계장을 불렀다.

"형님, 저요!"

"어, 자네가 무슨 일로?"

"예, 여기 우리 동네 청년인데, 군대 입대 연기하려고요."

"왜? 그 마을도 역병이 도졌는가?"

"예. 이 청년 부친이 어젯밤에 갑자기 돌아가셨어요."

"누구?"

"김봉기 씨요."

"아이고, 그 부지런한 양반도 그놈의 역병에 당할 재간이 없었구만."

"그러게요."

"그나저나 입대 연기는 읍장님 도장을 받아야 하는데, 지금 출타 중이니 저기서 좀 기다리게."

김 구장과 나는 한 시간이 넘게 기다려도 읍장이 오지 않았다. 나는 눈을 감고 아버지 장사 지낼 생각을 하자 저절로 눈물이 흘러내렸다. 김 구장이 내가 흘리는 눈물을 보자 호병계 담당자에게 화풀이했다.

"아, 읍장은 어디로 간 거요? 빨리 돌아가 문상객을 맞아야 하는데!"

마침, 읍장이 입구로 들어오다 김 구장의 큰소리를 듣고, 담당자를 불렀다. 읍장의 결재로 '입대 보류 확인서'를 갖고 읍사무소를 나왔다. 이 걸새 서류로 나는 입대를 6개월 후로 미룰 수 있었다. 반년 동안 아버지 장례는 물론 할머니의 묘까지 이묘해야만 했다. 김 구장은 장터에 볼일이 있어 삼거리에서 헤어진 후 나는 제재소로 갔다. 아버지 시신이 들어갈 관을 손수 짜기 위해 널판자를 사기로 마음먹었기 때문이다. 제재소에는 둥그런 톱날이 요란한 소리를 내며 한 아름이나 되는 통나무를 잘라내느라, 내 인기척에도 기계를 세우지 않았다. 나는 빨리 집으로 가야 한다는 생각에 손짓해 가며 소리쳤다.

"관에 쓸 판자를 사러 왔는데요."

"뭐라고?"

"판자요, 판자!"

손가락으로 판자 두께를 보이고, 양팔을 벌리고 길이를 말해주었다.

"저쪽!"

한 사람이 입구 쪽의 창고를 손으로 가리키며 고갯짓했다. 창고에는 얇고 두꺼운 판자 수십 장이 쌓여 있었다. 나는 두꺼운 판자를 하나하나 손바닥으로 들어 올리며 옹이가 있는지 없는지 살폈다. 판자에는 하나같이 아이들 주먹만 한 옹이가 박혀 있었다. 갑자기 기계 소리가 꺼지는 소리가 나더니, 직원 한 사람이 짜증이 난 목소리로 소리쳤다.

"이봐, 젊은이. 그짝 판자를 왜 어지럽혀 놓는 거야?"

"아, 예. 제가 찾는 나무가 없어서요."

"나무가 다 같은 거지, 별 이상한 젊은이가 다 있네!"

"죄송합니다. 옹이가 없는 걸 찾느라고요."

"그게 없는 건 장의사에서 이미 다 가져가서 우리 제재소에는 없네."

이때였다. 키가 크고 인물이 훤한 분이 다가오더니 나에게 물었다.

"그런 판자를 왜 찾는가?"

"예, 제 부친이 평생 누울 관인데, 옹이가 있으면 틈 사이로 물이 들어오거나 벌레가 끼면 안 되잖아요."

"허, 요새 보기 드문 효자 청년이네!"

제재소 사장의 도움으로 널 네 개를 사와 톱으로 결구, 각을 맞추어 관을 만들어 놓았다. 입제 날이 되자 아침부터 상객들로 인해 마당에 가득 차 있었다. 나는 삼베옷과 두건을 쓰고 오동나무 지팡이를 짚고 동생들과 상막 앞에 서서 곡을 시작했다.

"아이고, 아이고!"

처음에는 아무 감정도 없이 의무적으로 이 소리를 내었지만, 자꾸 생전의 아버지 모습이 떠올랐다. 또, 할머니 묘를 이묘 못한 죄인으로 가슴을 치던 모습이 떠올라 울음이 저절로 나왔다. 나는 곡을 하며 아버지 장사를 끝내고 곧장 할머니 묘를 이묘하기로 몇 번이고 작심했다. 아버지 장사를 치르고 입대 날짜가 다가오자, 나는 동생들을 설득해 할머니 이묘를 서둘렀다. 준비 단계로, 선산으로 다니며 굵은 나무를 찾았다. 다행히 관을 만들 만큼의 굵은 소나무를 발견하자, 거두 톱을 빌려 두 동생과 함께 나무를 베고 토막을 냈다. 산 밑으로 갖고 가기에 너무 무거워 눈 내리기를 기다렸다.

내 소원이 통해서인지 다음날 발목이 빠질 만큼의 눈이 내리자, 동생들과 나무토막을 눈 위로 굴리고 줄에 묶어 당겨 경운기에 싣고 제재소로 갔다. 소나무를 켜자, 관을 짤 만큼 널빤지가 충분하게 나왔다. 우리 삼형제는 다음날부터 삽과 곡괭이를 짊어지고 할머니 묘로 갔다. 봉분 흙이 얼어, 삽은 아예 들어가지 않아 곡괭이로 봉분을 내리쳤으나 튕겨질 뿐이었다. 집으로 돌아가 도끼를 갖고 와 통나무 찍듯이 언 흙을 내리쳤다. 얼음을 머금은 흙이 도끼날에 파이고, 곡괭이로 한 치쯤 파자 회장석이 보이기 시작했다.

언 흙보다 더 단단한 회장석을 오함마로 내리치며 파헤치자 겨우 관이 보였다. 천판을 들어내자, 아버지가 염려했던 모습이 드러났다. 해골이 갈비뼈 위에 포개져 있고, 관 바닥에 물이 흥건했다.

"아이쿠, 할머니. 죄송합니다. 아버님이 살아생전 혹여나 이런 모습일까 얼마나 염려했다고요."

나는 삼베가 깔린 칠성판에 해골을 시작으로 목뼈, 가슴뼈, 팔뼈, 다리뼈를 조심스럽게 옮기고 광목 끈으로 동여맸다.

"할머님, 할아버지 곁으로 이사 가요."

아버지는 할머니의 이런 모습을 보지 못했는데, 왜 죽는 날까지 의심쩍어했을까. 나와 동생들은 할머니 유골을 감싼 칠성판을 조심스럽게 들고, 할아버지 봉분이 있는 선산으로 올라갔다. 묘지가 양지쪽이라 그런지 다행히 한 뼘 정도 곡괭이로 파자, 언 흙 대신 맨흙이 나타나 쉽게 파 내려갔다. 관이 들어갈 공간이 생기자, 동생들과 같이 할머니 관을 놓고, 삼베 천에 쌓던 유골을 한 점 한 점 옮기고 상판을 닫았다.

설을 쉰 후 열흘 만에 입대 영장이 다시 나왔다. 나는 가벼운 마음으로 입대해 3년 동안의 군 생활을 시작했다. 상사의 기합과 힘든 훈련에 임할 때마다 할머니의 이묘와 아버지 장사를 내 손으로 치렀던 자부심으로 이겨냈다. 꼬박 3년을 근무하다 제대의 명을 받아 기쁜 마음으로 고향집에 왔는데, 새로운 고통이 기다리고 있었다.

어머니가 다리를 다쳐 자리에 누워 나를 맞이했다. 도대체 무슨 일이냐고 묻는 나에게 동생이 울먹이며 대답했다.
"지난겨울 청국장을 만들어 번개시장에 팔려고 이것저것 바리바리 싼 대야를 머리에 이고, 얼음이 언 냇물을 건너다 미끄러져 다쳤는데 꼼짝 못 했어요."
"그래서?"
"마침 뒤따르던 '길갓집'이 집에 연락해, 우리가 달려가 엄니를 지게에 싣고 병원에 갔더니, 엉치뼈에 금이 갔데요."
"뭐야? 그게 다야?"
"그럼 어떡해요? 의사가 꼼짝 말고 누워 있으라는데."
나는 동생의 울먹이는 답변에 더 이상 할 말을 잊고 선산에 올랐다. 군 제대 신고하며 세 가지를 눈물로 맹세했다.
"할아버지, 할머니, 아버지! 하루빨리 결혼해서 어머니의 고통을 덜어드리고, 가난을 벗어나기 위해 선산에 과수원을 일구고, 조상 산소에 매일 문안 인사를 드리러 오겠습니다."
이튿날부터 나는 동생들을 설득해 선산의 나무를 베는 일부터 시작했다. 이어서 계단식으로 산을 깎아 사과와 복숭아 묘목을 심었다. 또, 밤이 되면 살아생전 아버지가 점찍어 놓은 아랫마을 '새말집' 김 처자를 만나러 갔다. 김 처자는 만나면 만날수록 후덕한 데다 늘 웃는 인상이고 일솜씨 또한 빠른 듯싶었다. 나의 끈질긴 구애에 드디어 장인께서 결혼 허락을 하셨다. 처갓집 마당에서 결혼식을 올렸는데 친지 일가와 마을사람 모셔놓고, 연지곤지 찍은 아내와 맞절을 하고 사진 한 판을 찍었다. 밤에는 마을 사내들에게 두 발이 묶인 채 발바닥이 멍이 들 정도로 장작으로 맞았다.

"어디, 남의 동네 처녀를 겁도 없이 데려가나?"

"내 아들 낳아줄 색시니까요."

"아들? 그래, 오늘 용천혈 지압해 줄 테니 아들 하나 낳아 보소."

이튿날 아내를 데리고 집으로 오자, 어머니가 앉아서 환하게 며느리를 맞았다. 이상한 건 여자 일손 하나가 더 늘었을 뿐인데, 온 집 안 구석구석에 온기가 넘쳐나고 환하게 보였다. 어머니도 노상 주름진 얼굴을 펴며 웃었다.

"박복한 내가 뒤늦게 뭔 복이냐? 이제 달덩이 같은 손자 하나 보면 원이 없겠다."

어머니는 입버릇처럼 손자 타령을 하였으나 아쉽게도 손녀가 태어나자, 아내를 위로했다.

"괜찮다. 첫딸은 살림 밑천이 아니냐?"

첫딸을 낳자, 조상 덕인지 나에게 좋은 일이 연달아 생겨났다. 철도에 취업이 되고, 어머니 다리도 좋아져 걸을 수 있게 되고, 과수원 첫 수확이 풍작이었다. 마침, 김 구장 집에서 팔려고 내놓은 헌 경운기를 사서, 둘째 동생이 매일 아침 복숭아를 담은 박스를 번개시장에 싣고 가서 팔고, 어물전에서 오징어를 비롯해 각종 내장을 모아 돌아왔다. 이걸 밭 옆에 액비통을 만들어 인분과 함께 푹 삭혔다가 밭에 뿌렸더니, 보리며 조 이삭이 잘 자라 물결치듯 바람에 일렁이었다.

"아이구야, 샛집이 금방 부자가 되겠네."

우리 집 앞을 지나는 사람마다 덕담을 늘어놓았다. 아내가 딸 둘과 아들 둘을 내리 낳았다. 두 동생도 결혼해 이웃에 집을 지어 분가해 나갔고, 과수원과 논 여섯 마지기 농사는 공동으로 지어 수입을 나누어 가졌다.

어머니는 '내가 늙어서 출세했다!'라며 온 동네로 다니며 자랑했다. 팔순이 되자 우리 오 남매는 팔순 잔치를 성대하게 치르기로 했다. 동네 사람과 일가친척들 모두 초청하고, 마당에 멍석을 깔고, 광목천으로 휘장을 쳐서 큰 상에 온갖 과일과 과자, 떡을 차렸다. 우리들은 상 앞에서 어머니께 큰절을 올리며 만수무강을 빌었다.

"내가 조상 덕으로 너희를 낳아 이렇게 호강한다."

손수건으로 흐르는 눈물을 닦으며 우리에게 덕담을 연신 흘리셨다. 그러나 어머니는 이튿날부터 뭔가 이상했다. 멀쩡하게 과수원에서 일하시다가, 갑자기 멍한 눈길로 하늘을 한참 바라보기를 자주 반복했다. 첫서리가 내린 겨울 초입이었다. 밖으로 나가려는 나를 문틈으로 부르더니, 방으로 들어오라 했다.

"애비야, 삼 년 후 동짓달 스무닷새에 저승사자가 나를 찾아올 터이니, 애비는 사과, 배, 꿀물, 여비가 든 봉투를 바구니에 담아 두었다가 밤이 되면 처마 밑에 두거라."

"예? 뭐라고요?"

나는 그런 이상한 말을 왜 하느냐? 라는 표정으로 되물었다.

"그날이 새집을 완공한 날 아니냐. 내가, 이 집안에 시집와서 홀시어머님 모시고 두 딸 낳고 얼마나 울었더냐. 다행히 새집 덕에 장손인 자네가 태어나고 두 아우도 연달아 태어난 것 모두 이 새집 덕이라 여태껏 그리 생각하네. 이승에서의 한풀이를 이날에 다 했으니, 내 저승으로 가도 섭섭하지 않네. 다만 동짓달이 추우니, 내가 저승사자를 따라가면 새 이불과 요로 나를 꼭 감싸 춥지 않게 했다가, 따뜻한 봄이 되면 아버지 옆에 묻어 주게."

"어머니 왜 이러세요?"

나는 얼토당토않은 말을 하지 말라며 고갯짓했다. 그 후, 3년 동안 그날이 되면 꼭 바구니에 과일과 돈을 넣어 처마 밑에 두었다. 그랬는데, 정말 손이 곱을 정도로 추운 겨울날 어머니가 갑자기 돌아가셨다.

나는 닭똥 같은 눈물을 흘리면서 혹시나 여겨, 농협에서 나온 달력의 양력 날짜 밑의 조그만 음력 날짜를 보자 깜짝 놀라고 말았다. 돌아가신 날이 동짓달 스무닷새, 음력 11월 25일이었다. 나는 귀신에 홀린 듯이 놀라, 어머니 유언대로 관을 처마 밑에 모시고 요와 이불로 감싸 모셨다.

"요새 어떤 세월인데, 그런 말도 안 되는 걸 따르느냐?"

누님들과 두 동생은 장사를 따뜻한 봄날에 지내기로 했다는 내 말에 어이없어 따지듯 항의했으나, 나는 고개까지 흔들며 단호히 거절했다. 장사는 이듬해 봄날 '삼월 삼짇날'에 지내고, 제사는 아버지 기일에 합 제사로 지내드렸다. 그러느라 그동안 동짓달 스무닷새는 까마득히 잊고 살았는데, 백신 주사 맞으러 와서 생각나다니!

"자자, 앞줄에 등록 마치신 분부터 저기 주사실에 들어가세요."
 접의자에 앉아 나는 꿈꾸듯 지난 세월을 떠올리고, 끝물에 어머니 생각으로 눈가가 촉촉하게 젖어있었다. 비몽사몽에서 깨어, 입대 보류 용지를 쥐고 김 구장과 함께 읍장을 기다렸던 나무 의자가 어디쯤 있었는지 돌아보았으나 짐작조차 할 수 없었다. 게다가 직사각형 유리창으로 들어오는 햇살이 하얀 인조석으로 만든 민원대에 반사되어 여기가 어디인지 모를 정도였다. 허리가 뼈근하여 몸을 뒤틀며 의자에서 엉덩이를 들고 실눈으로 둘러보자, 유리막 안쪽에 근무하는 몇몇 공무원이 보였다. 이때, 조용하던 동사무소가 떠들썩해졌다. 눈을 번쩍 떠보니 황색 제복을 입은 119구급대원들이 들어오고, 뒤따라 시장과 보건소 소장이 출입문으로 들어와 일일이 주먹을 내밀어 노인네들과 인사를 나누고 있었다.
 나도 엉거주춤 의자에서 일어나 시장의 주먹에 내 주먹을 대었다. 일행이 한 바퀴 돌고 출입문 밖으로 나가자, 백신 주사가 시작되었다. 내 차례가 오자, 안내자 뒤를 따라 아내와 같이 주사실로 들어가서 점퍼와 셔츠를 벗어 팔뚝을 내밀었다. 보건소 직원은 순식간에 내 팔에 주사를 놓더니, 앙증맞은 반창고를 붙이며 10분간 누르고 있으라 했다. 나는 벗었던 옷을 들고 대기실이라 쓴 옆 칸으로 갔더니, 제복을 입은 소방관이 있었다.

"앞으로 20여 분간 여기서 대기하면서 몸에 조금이라도 이상이 있는 분은 손을 드세요. 알았죠?"

"백신 맞고 죽은 사람이나 아픈 이도 있소?"

"간혹가다 나이가 많고 적고 간에 불상사가 나니, 우리가 구급차를 대기시켜 놓고 이렇게 있잖습니까."

"하기야, 온갖 세상 풍파 견디며 이 나이 먹도록 살았는데, 그깟 주사 한 방 맞았다고 죽으면 헛살았다고 봐야지. 죽고 사는 문제는 제 팔자지, 안 그렇수?"

"맞소, 맞소."

"그나저나 나 얼른 밭에 나가봐야 하는데, 왜 이리 잡아놓누?"

"할머니, 여태껏 기다렸는데, 10분만 더 기다려 봐요."

여기저기서 질문하고 소방관이 답변하는 중에 나도 모르게 살짝 긴장되어 눈을 다시 감았다. 할아버지, 아버지 두 분 다 역병으로 돌아가셨다는 사실이 새삼스럽게 떠올랐다. 순간 역병에 대한 트라우마가 생겨나는 듯싶었지만, 고개를 마냥 저었다. 앞을 내다보는 능력을 지녔던 어머니가 하늘나라에서 나를 지켜주실 것만 같아서였다.

죽을 날을 3년 전부터 예견했던 어머니처럼 3차 백신까지 맞았으니, 전 세계를 벌벌 떨게 한 역병이 대수이겠냐 싶었다. 나는 문득 혹시? 하며 핸드폰을 열고 달력을 지그시 손가락으로 눌러 오늘 날짜 밑의 음력을 보았다. 하단에 조그만 글씨로 음력 11월 25일이 떴다. 동짓달 스무닷새! 나는 깜짝 놀라 아내의 팔을 잡으며 핸드폰을 눈앞에 댔다.
"이 양반이 왜 이래욧?"
"글쎄, 오늘이 음력으로 동짓달 스무닷새라네, 여보!"

7

벌초

 정년퇴직 5년 전부터 나는 벌초라는 큰 짐을 떠안게 되었다. 매년 반복되는 영동지역의 대형산불로 하필 우리 집 몫인 '송이골' 산소가 불 피해를 보았기 때문이다. 부모님은 돌아가셨고 삼남 이녀 중 내가 막내이지만, 두 형이 객지에 살았기에 어쩔 수 없이 벌초하기 위해 산으로 올라가야 했다. 무더위에 지치다가 시원한 바람이 불기 시작하는 처서가 다가오면, 벌초를 해야 한다는 중압감에 잠을 설치기까지 했다. 그렇다고 객지에 사는 형들에게 벌초하러 오라고 생떼를 쓰거나, 금쪽같은 내 자식에게 강짜를 부릴 수는 없었다. 힘들고 위험한 일이기에 내 한 몸 희생하면 되지 굳이 피를 나눈 형제 자식에게까지 고통을 줄 생각은 없었.
 내가 처음으로 벌초에 참여한 것은 중학교에 입학한 후였다. 교복을 입고 거울 앞에서 무게를 잡는 내 모습을 보자, 아버지가 한 말씀하셨다.

"우리 막내도 이제 중학생이 되었으니, 집안 벌초에 참여해도 되겠네!"

매년 음력으로 8월 1일 가까운 일요일이 되면 아버지는 고등학생인 두 형을 앞세워, 송이골 산소로 가서 벌초를 해왔다. 문중의 산소는 '송이골', '용산', '동산'에 있었는데, 이 중 아버지 몫은 7, 8대조 묘 4기가 있는 송이골이었다. 벌초 전날 오후부터 아버지는 낫 여러 개를 숫돌에 갈고, 두 형은 깍지, 삼태기를 찾아 처마 밑에 두었다. 어머니는 사과, 배, 곶감, 명태포, 술, 물을 준비해 보자기에 싸 두었다. 이른 아침을 먹자마자 아버지는 낫을 넣은 마대자루를 들고 나섰고, 삼 형제도 짐 하나씩 들고 장터에 있는 버스 정류소로 갔다. 버스가 신작로를 덜컹거리며 20여 분 달려 이웃 마을 버스터미널에 도착하면, 우리도 내렸다가 한 시간에 한 대씩 출발하는 버스를 다시 타고 한참 가다, 송이골 마을에 있는 기차역 앞에 내렸다.

두 형은 기차역 앞의 자전거포로 재빠르게 뛰어가서 자전거 두 대를 빌려 각각 타고 왔다. 한 자전거에 아버지와 내가 타고, 다른 자전거에 큰형과 작은형이 타고 산소가 있는 산을 향해 페달을 밟았다. 20여 분을 달려 산소 입구에서 짐 보따리를 내리고, 자전거는 나무숲에 감추었다. 산소로 오르는 길은 좁고 미끄러웠다. 집 떠난 지 세 시간 만에 드디어 묘 앞에 도달했다. 아버지가 눈짓하자 우리는 봉두난발로 자란 산소를 둘러보고 난 후, "일 년 만에 찾았습니다." 하며 절을 올렸다. 아버지는 봉분 위, 두 형은 봉분 앞, 나는 계단 쪽에 쪼그려 앉아 낫으로 풀을 베기 시작했다. 아버지는 네 봉분의 풀을 다 베자 산속으로 슬며시 들어가셨다. 우리 삼 형제는 점점 힘이 빠져 베는 속도가 늦어졌지만, 꾀부리지 않고 낫질을 부지런히 했다.

오후 2시가 지날 즈음이 되자 풀밭 천지이던 산소 일대가 깔끔한 모습으로 변했다. 우리는 7대조 산소 앞 상석에다 어머니가 싸준 보자기를 풀어 밥과 과일, 포, 나물을 꺼내 진설했다. 큰형이 두 손을 모아 산 위를 향해 "아버지, 벌초 다 했어요!"라고 소리쳤다. 산속으로 들어가셨던 아버지도 알고 있다는 듯이 금방 오셨다. 아버지 손에는 마대자루가 들려 있어, 큰형이 달려가서 자루를 받아 입구를 열며 소리쳤다.

"우와! 이 송이 냄새!"

"우리 눈에는 하나도 안 보이는 송이를 그새 이렇게 따셨네요."

큰형이 송이 3개를 꺼내 상석의 명태포 앞에 놓자, 우리는 정렬하였다가 절을 하였다. 아버지와 큰형이 술잔을 하나씩 들고 봉분 위에 세 번씩 나누어 부었다. 우리는 절을 한 번 더하고, 옆에 있는 8대조 산소에 제물을 진설하고 절을 했다. 큰형이 상석 위의 송이를 부대 속에 도로 넣고 밥과 과일 나물을 아랫단 잔디 위에 옮겼다. 둘째 형은 부대 안에서 작은 송이 두 개를 꺼내 네 등분으로 쪼개어 나물 옆에 놓았다. 우리는 둥그렇게 앉아 밥 한 숟가락에 찢은 명태포, 나물, 귀한 송이를 번갈아 가며 맛나게 먹었다. 아버지는 소주병을 기울여서 한 잔 한 잔 따라 잡숫고, 우리는 작은 송이를 부대에서 슬쩍 다시 꺼내어 아버지 몰래 먹어 치웠다.

"아버지 7, 8대조 조상님은 두 분인데, 묘는 왜 4기예요?"

"옛날 종갓집에서는 후손을 보는 게 최대 일이었다. 그래서 할머니가 돌아가시거나 아들을 못 낳으면 새 할머니를 모셨지."

작은형은 그것도 몰랐냐며 내 머리를 툭 쳤다. 우리는 갖고 간 음식을 다 먹고, 빈 그릇을 보자기에 싸서 귀한 송이가 들어있는 마대자루를 들고 산에서 내려왔다. 길 입구 숲속에 감추어 둔 자전거를 꺼내 다시 타고 가서 자전거포에 반납한 후 버스를 타고 집으로 돌아왔다.

모두 당연한 일을 했다는 듯이 피곤한 줄 몰랐다. 그러나 나에게 생각하기도 싫은 일이 생겼다. 중학교 3학년 때였다. 한참 콩죽 같은 땀을 흘리며 풀을 베고 있는데, 돌 축대 틈에서 땡삐 한 마리가 나를 향해 날아왔다. 나는 예전의 장군처럼 낫을 땡삐를 향해 내리치고 옆으로 치며 휘둘렀다. 그러나 잽싼 땡삐가 내 어설픈 낫질에 맞을 리 없었다. 오히려 내 뒤로 날아가 목덜미에 따끔하게 침을 쏘아버렸다. 나는 "아얏!" 하며 소리 질렀지만, 목덜미가 금방 부어오르고, 몸 전체에 힘이 빠져 낫질을 할 수 없었다. 죽을 듯이 소리 지르며 울자, 큰형이 산 아래로 뛰어가 자전거포에서 된장을 얻어 오고, 둘째 형은 된장을 내 목에 바르고 수건으로 칭칭 감쌌다. 그때서야 큰형은 손으로 나팔을 만들어 나무숲을 헤매며 송이를 캐는 아버지를 불렀다.

아버지가 "뭔 일이야?"라고 소리치며 나타나 내 꼴을 보자 큰형에게 소리쳤다.

"너희들은 막내가 이 지경이 되도록 뭐 한 거야?"

"된장을 얻어 와 발라 주었는데요."

"뭐야? 그런데 동생 꼴을 봐라. 죽기 직전이잖아. 어서 업어라!"

아버지 성화에 큰형이 나를 업고 산 아래로 뛰기 시작했다. 이어 아버지와 작은형이 삼태기에 낫과 그릇을 숲에 감추고 뒤따랐다. 버스에 올라 병원으로 가는 내내 목덜미의 부기는 가라앉지 않고 통증과 마비는 계속되었다. 병원 응급실에 입원해 의사의 치료로 살아났지만, 그날 받은 충격으로 아버지는 송이 캐기에 욕심을 놓았다. 또, 송이골이 있는 마을 면장으로 근무하던 육촌 형님의 주선으로 송이골 밑에 사는 일가친척을 소개받아 함께 종가로 가서 종손을 만났다. 종손 형님은 그 친척에게 매년 문중 산의 송이 채취권을 주는 조건으로 벌초와 전사를 책임지는 '뫼지기' 약조를 받았다.

일가친척인 뫼지기 아저씨로 인해 우리 가족은 십수 년을 송이골의 벌초를 까마득히 잊고 살았다. 그러나 간성과 양양 사이로 세차게 부는 '양간지풍'으로 생긴 영동 대형산불로 인해 송이골도 큰 피해를 당하고 말았다. 헬리콥터 세 대가 연신 물을 뿌리고, 소방대원, 군인, 공무원, 주민이 꼬박 사흘간 불 끄는 데 총동원되었지만, 밤낮으로 부는 강한 바람에 송이골은 물론 영동지역 일대의 산이 시커멓게 타버렸다. 당시, 나는 시멘트공장의 생산과에서 3교대로 근무했고, 정년퇴직을 3년 앞두고 있었다. 야간 근무를 끝내고 퇴근해서 잠자고 있는데, 면장으로 퇴직한 6촌 형님이 전화를 걸어 큰일이 났다는 듯이 큰 소리로 말했다.

"오늘 근무가 어떻게 되는가?"

"밤 11시 출근인데요."

"잘됐네. 오후에 송이골 마을로 가보세."

"왜요?"

"왜라니? 송이골 선산 일대에 불 피해가 얼마나 났는지 궁금하지도 않은가?"

"저도 걱정했죠. 그런데, 문중 산에도 불이 덮쳤대요?"

잠을 설치고 점심을 한술 먹은 후 면장 형님을 차에 태워 송이골 마을로 향했다. 온 동네가 검게 보였다. 산은 말할 것 없고 산 밑으로 옹기종기 모여 있던 집 중에 친척 집도 본체와 헛간 모두 다 타버렸다. 뫼지기 아저씨는 우리를 보자 마당에 그대로 주저앉아 통곡했다.

"아이고, 형님. 이제 앞으로 우리 식구들 우타 살아요?"

"그놈의 바람이 하필이면 이쪽으로 불어 산은 물론 온 동네까지 이렇게 처참하게 만든단 말인가."

"그러게요, 일 년 내내 돈을 만져보는 건 온 산으로 헤매며 송이 채취하여 산림조합에 팔 때뿐이고, 그 돈으로 삼시세끼 먹고, 자식새끼 공부시키고 조상 모셔 왔는데, 이제 우타해요, 형님! 이번 불로 소나무는 물론 송이 씨까지 몽땅 타버렸잖아요. 그러니 손바닥만 한 밭뙈기 하나 바라보고 살 수 없잖이요. 친싱 읍내로 나가 노가다 일이든 배 일이든 닥치는 대로 해서 입에 풀칠하고, 자식 공부시켜야지요. 십수 년 동안 문중 산 덕으로 우리 식구 살아왔는데, 그놈의 산불로 알거지가 되어 여기서 버틸 재간이 없네요. 이렇게 되고 보니 종손과 면장님 볼 면목이 없네요."

집으로 돌아오는 길에 6촌 형은 종가로 가자고 했다. 종손도 TV를 통해 산불 소식을 들었는지 우리가 마당에 들어서자 급하게 다가왔다.

"그래, 뫼지기 친척 집은 괜찮아?"

"본체며 헛간 모두 다 타버렸어요. 그러니, 입에 풀칠이라도 하기 위해 읍내로 이사한대요. 내가 벌초는 해줘야 하지 않느냐 요청했지만, 한사코 거절했어요."

"아니, 십수 년이나 인연을 맺어왔는데 이렇게 손 놓으면 어떻게 한단 말인가."

"그 친척도 오죽하면 읍내로 나가 막일이나 배 탈 궁리를 하더라고요."

"헛참! 산소 벌초는 우타 하지?"

"형님, 긴급 문중 회의를 열어 결정하죠."

"집안의 젊은이는 다들 도시로 나가고 늙은이들만 있는데, 어찌하면 좋을꼬? 고향 사는 몇 안 되는 후손이 겨우 선산 관리를 해왔는데 앞으로 어쩌면 좋노?"

긴급 문중회의로 종가에 모인 종인은 하나같이 '헛, 그참!' 소리를 연발했다. 하필이면 나도 야간 근무라 부지불식간 회의에 참석했는데, 내가 제일 어렸다. 나는 '꾀피우지 않고, 이런 자리에 왜 참석했지?'라며 눈을 감고 후회를 했다. 그렇다고 벌떡 일어나 "공장 근무 때문에, 먼저 일어나겠습니다."라고 큰소리치며 나올 수가 없었다. 고개를 푹 숙여 방바닥만 내려다보는데, 구세주 같은 말이 들렸다.

"제가 해 봐야지 별수가 없는 것 같네요."

면장 형님이 일어서며 말했다.

"낫질 한 번 안 해보고, 평생 펜대 잡고 서류나 작성하던 손으로 벌초하겠나?"

"그렇다고 팔순을 앞둔 종손 형님께 맡길 순 없잖아요?"

"헛, 그참!"

"지금까지 같이 낫질했던 송이골 아주머니들에게 부탁해서 같이 해보죠. 뭐."

"하이코, 그러면 고맙고, 말고"

"거, 땅이 마사토라 묘소에 풀은 많이 안 자라지만, 산으로 오르는 길이 미끄러우니 조심하게."

종손 형님이 제일 젊은 나를 힐끔거리다 힘들게 말을 이었다.

"벌초는 제 아우가 한다고 하니, 전사는 종손인 내가 맡아 차려야지, 뾰족한 수가 없네."

종손의 이 말에 나는 죄지은 놈처럼 벌떡 일어나 엉뚱한 말을 하고 말았다.

"예전에 저희 부친이 송이골 산소를 맡아 했으니, 공장 퇴직 후에는 제가 벌초하겠습니다."

"그럼, 그렇지. 우리가 어떤 집안인가? 조상 일에 다들 이렇게 적극적이니 우리 모두 복 받으며 잘살고 있지 않은가?"

나는 '아차!' 하며 무의식중에 한 발언이라 말할 수도 없었다.

다들 나를 보며 손뼉을 치는데 벌떡 자리에서 일어나 방을 나올 수 없었다. 집으로 돌아오는 내내 돌아가신 아버지 생각에 괜히 우울해졌다. 아버지는 철도 기관사로 근무하면서도 문중 논밭을 임대해 밤낮 일만 하셨다. 두 형을 대학까지 공부시키기 위해서 어쩔 수 없었다. 아버지가 철도에서 퇴직하자 나는 효자가 되기로 작심한 듯이 대학 진학을 포기하고, 용접기능사 자격증을 따기 위해 학원에 등록했다. 자격증을 딴 후에는 곧장 해병대로 지원해 버렸다. 제대 직전에 아버님이 돌아가시고, 나는 운 좋게 집 가까이 있는 시멘트공장에 취업했고, 5년 후에 결혼해 두 아들을 두었다.

 면장 형님도 나와 비슷한 처지로 고향에 살아왔다. 똑똑하고 잘난 척 모두 고향 떠나 서울에서 살았지만, 형님은 면장이 될 때까지 고향 언저리에서 근무하다 정년퇴직했다. 평생을 펜대 잡고 서류나 작성했던 몸으로 어쩔 수 없이 송이골 산소를 벌초했는데 그만, 첫날에 사고를 당하고 말았다. 겨우 벌초를 끝내고 산에서 내려오다 발이 마사토 길에 미끄러지면서 골짜기로 굴러 허리를 심하게 다치고 말았다. 병원으로 병문안 가자 형님은 내 손을 꼭 잡고 부탁했다.

 "우리 근파 문중에서 송이골 산소를 벌초할 사람이 아우님밖에 없네. 힘들더라도 벌초에 좀 나서주게."

 나는 당연하다는 듯이 고개를 끄덕이며 두 손을 잡고 승낙했다. 이듬해 처서가 다가오자 나는 송이골 마을 이장 집을 찾아갔다.

"이장님, 6촌 형님이 되는 전 면장 형님이 벌초하고 산에서 내려오다 그만, 골짜기로 굴러 허리를 다쳤는데, 아직도 낫지 않았어요. 그래서 제가 벌초를 맡았는데, 벌초를 함께할 아주머니들을 소개 좀 해주세요."

"어허, 마을 아줌씨들이 이젠 읍내로 일 나가느라 낮에 없어요."

"그럼 아저씨들을 좀 찾아주세요. 일당을 많이 줄게요."

"산불이 난 후, 우리 마을에서 제 발로 걷는 아줌씨나 아저씨들 모두 읍내로 이사를 갔고, 남아있는 이들은 다들 밀차 밀고 다니는 꼬부랑 할멈들뿐이오."

내가 난처한 표정으로 '헛, 참!'을 연발하자, 마을 이장도 답답하다는 듯이 고개를 좌우로 흔들었다. 나는 어쩔 수 없다는 듯이 돌아섰다. 며칠 후, 6촌 형님과 같이 종가를 찾았다.

"산불 난 후로 송이마을이 예전 같지 않아요. 마을은 빈집투성이고, 눈 씻고 보아도 사람 꼴을 못 봤어요."

"어허, 그나저나 앞으로 송이골 벌초 문제를 어떻게 했으면 좋겠노?"

종손이 한숨을 쉬며 말하자 면장 형님이 엉뚱한 제안을 했다.

"형님, 몇 년 전부터 각 문중에서 예초기를 사서 벌초를 한다는데, 우리도 이번에 한 대 사시죠."

"어허, 나도 그 소리는 들었네만, 풀 깎는다는 핑계로 조용한 산소에서 요란한 기계 소리와 기름 냄새를 풀풀 내며 조상께 누가 되는 것 아니냐?"

"에이, 형님도! 이제 낫으로 벌초하는 시대는 지났다고 봐요. 아직도 낫으로 벌초한다고 알면 다른 문중에서 촌스럽다고 손가락질해요."

"헛, 참! 그럼, 그 기계로 누가 벌초할 건데?"

"기계를 다룰 줄 아는 젊은이라야 한다는데 우리 문중의 근파 젊은이들은 전부 외지로 나가 사니, 어찌하면 좋을꼬?"

면장 형님이 입을 꼭 다물고 있는 내 옆구리를 손가락으로 쿡 찔렀다.

"문중에서 제일 젊은 내가 예초기를 짊어져 보겠습니다."

"아이쿠, 고맙네!"

종손은 내 손을 잡고 한참 흔들며 "고맙네!"라고 반복해 말했다. 여름이 지나고 처서가 다가오자 나는 창고에 있는 예초기를 꺼냈다. 마당에서 설명서를 보며 작업대에 칼날을 조립하고, 휘발유를 통에 넣고, 시동 손잡이에 힘주어 힘껏 당겨보았다. 그러나 시동이 걸리지 않았다. 여러 번 힘껏 당기자 칼날이 요란한 소리를 내며 무섭게 돌아갔다. 아내가 옆에서 "조심해요, 조심해!"라고 소리쳤다. 나는 기계를 등에 메고 텃밭에 있는 고사리밭으로 가서 작업대를 휘저었다. 키 한 질 높이의 고사리가 맥없이 베어졌다. 나는 예초기 작동에 자신감을 갖기 위해 시동 걸고 끄며, 지지대를 휘두르는 힘을 익히고, 흙과 풀 밑동의 높낮이에 대한 감을 나름 익혔다.

야간 근무가 시작되자 아침을 먹고 예초기를 차 뒷좌석에 싣고 송이골로 향했다. 중학교 때 버스를 두 번 갈아타고 자전거 빌려 타고 산 입구를 향해 달렸던, 그때를 생각하니 격세지감이었다.

아무도 없이 혼자 마사토 산길을 오르자 자꾸 미끄러졌다. 풀 베는 것보다 가는 게 더 힘이 든 것 같았다. 겨우 묘지에 도착해 숨고르기를 하며 땀을 식혔다. 눈앞에는 불탄 흔적이 남아있는 검은 나무와 바위가 보이고, 이름도 알 수 없는 풀들이 묘지 곳곳에 무성했다. 나는 무섬증이 생기기 전에 일어나 예초기 시동 손잡이를 힘껏 당겼다. 두 번, 세 번, 네 번 줄 손잡이에 힘주어 힘껏 당겨도 스르르 소리만 날 뿐 우렁찬 시동 소리가 들리지 않았다. '이건 무슨 조화야?' 혼잣소리를 하며 점화플러그를 풀려고 하니 꼼짝 안 했다. 드라이버로 톡톡 치고 수건으로 감아 힘껏 왼쪽으로 틀었다. 다행히 플러그가 빠져나왔는데, 꼭지에 검은 기름이 잔뜩 끼어 있었다.

"조상님, 힘들게 여기까지 기계를 지고 왔는데, 시동 좀 걸리게 도와주세요."

나는 속으로 몇 번이나 이 말을 하며 플러그 꼭지에 있는 검은 기름을 수건으로 닦아내고, 제자리에 넣고 우측으로 꽉 조였다.

"제발, 걸려다오."

다행히 시동이 걸리며 칼날이 꿈틀거렸다. 나는 기계를 어깨에 메고 작업대를 두 손으로 단단히 쥐고, 풀을 깎기 시작했다. 팔을 휘두를 때마다 풀이 베어져 쌓였다. 아무도 없는 산속에서 4기의 봉분 풀을 다 베고, 기계를 바닥에 내리고 물을 마셨다. 온몸이 땀투성이 되고, 귀가 먹먹하고, 팔다리에 힘이 다 빠진 듯했다. 그러나 깨끗한 봉분을 보자 힘이 다시 났다. 예초기를 짊어지고, 상석 주변과 아랫단의 풀을 베기 시작했다. 중학교 때 낫으로 풀을 베다 땡삐에 쏘여 죽을 뻔했던 돌 주위로 가니 겁이 덜컥 났다. "설마, 그 땡삐가 아직 살아 있으려고!" 혼잣소리로 중얼거리며 재빨리 작업대를 휘저었다. 드디어 풀밭처럼 보이던 산소 일대가 깔끔한 모습으로 한눈에 들어왔다.

"벤 풀은 놔두었다가 전사 때 치우지, 뭐."

난생처음 내 주도로 조상 산소 벌초를 하였다. 조상께 후손의 역할을 제대로 했다는 자부심이 저절로 들었다. 산길을 내려오는 내내 실없는 웃음을 흘리며 나도 모르게 말했다.

"오늘 벌초를 깨끗하게 했는데, 조상님은 나에게 무슨 선물을 주시려나!"

공장에 정년퇴직하고 5년이 지났을 때였다. 대문중의 묘가 있는 '용산' 일대가 고속도로 공사에 편입된다는 소문이 사실로 확인 되었다. 용산에는 30기의 문중 묘가 있었고, 매년 음력 10월 10일에 곳곳에 사는 인척이 전사를 지내기 위해 산으로 올랐다. 내가 어렸을 때만 해도 친인척은 물론 인근 마을의 아이들도 산으로 올라왔다. 끼니마다 잡곡밥이나 칼국수를 먹던 시절이라 별식인 절편, 밤, 대추, 곶감, 고기 맛을 볼 수 있는 전사를 다들 기다렸다. 아이들은 앉은 자리 앞에 신문지를 펼쳐놓고, 과방에서 제수품을 종류별로 나누는 유사 형들을 자꾸 바라보았다. 드디어 반포하는 유사 형이 쟁반에 떡부터 담아와 어른부터 하나씩 신문지 위에 놓으면 침부터 고였다. 달콤한 곶감 하나를 먼저 씹으면 말랐던 목이 트였다. 유사 형이 눈을 찡긋하며 팔뚝만 한 떡을 하나 더 주면, 고개를 몇 번이고 끄덕이며 고마워했다.

어떤 여자아이는 등에 포대기로 동생인 양 베개를 감싸 업고 왔었다. 유사 형은 모른 체하며 아기 몫으로 떡과 과일을 더 놓았다. 종손은 제주와 안주를 들고 신문지를 펴 놓고 기다리는 종인의 잔에 제주를 따르며 안부를 묻고, 덕담을 나누었다. 종인 모두 얼큰하게 취한 소리가 산 아래까지 들리면 어르신들은 하나둘 자리에서 일어났다. 맑은 하늘과 먼 산, 조상 묘소를 바라보며 조심스럽게 한 발짝 한 발짝 내디디며 산 아래로 내려가셨다. 산 아랫마을의 아이들도 신문지 위에 있는 떡과 과일, 생선을 보자기에 둘둘 말아, 허리에 차고 산 아래로 뜀박질하며 내려갔다.

세월이 흘러, 수년 전부터 전사가 예전 같지 않았다. 친인척은 반도 안 되게 참여했고, 인근 마을에 사는 아이들은 하나도 보이지 않았다. 나같이 고향에 살며, 벌초에 참여했던 친척들만 어쩔 수 없는 일이라 여기며 전사에 참여했다. 팔순 연세를 넘긴 종손이 지난해에 돌아가시자, 각파 문중 대표는 면장 출신의 6촌 형님을 문중 회장으로 추대했다. 종손이 엄연히 서울에 살고 있지만, 하던 사업을 정리하자면 몇 년 걸린다고 사정했기 때문이다. 또, 면장 형님을 서둘러 회장으로 추대한 이유는 용산 일대가 고속도로 공사에 편입된다는 소문이 현실이 되었기 때문이다. 회장은 문중회의를 긴급 소집했다.

"국가 차원의 고속도로 공사라 대문중 묘지가 있는 용산 일대 매수에 응할 수밖에 없는데, 묘소 이장을 어찌하면 좋겠습니까?"

"인접한 산을 매입해 이장해야지 별 수 있나요?"

"회장님이 면장을 오랫동안 하셨으니, 인맥을 동원해 도로와 가깝고 오르기 쉬운 산을 한번 수소문해 봐요."

"맞소. 우리야 논밭 일구며 사느라, 적당한 산이 어디 있는지 알 수 없잖소?"

"그럼, 묘를 그대로 이장하느냐, 아니면 합장해서 수를 줄이든지?"

"지금 있는 묘를 파묘해서 그대로 이장하면 되잖아요."

"뭔 소리요? 이제는 문중마다 유골을 화장해 재를 함에 넣어 묻거나, 자연장, 수목장하는 추세잖아요."

"뼈대 있는 우리 문중이 그런 걸 따라 한다는 건 말도 안 되지요."

"사람마다 다들 생각이 다르니, 아예 회장에게 일임합시다."

회장이 작심한 듯 엄숙한 표정으로 일어났다.

"열이면 열, 백이면 백 사람 생각이 모두 달라, 전문 용역업체 의견을 따를 생각입니다. 또, 이 기회에 생존한 우리 종인이 작고하면 묻힐 묘도 준비할 생각이요."

"우리가 미처 생각지도 못한 걸 추진하니 역시, 회장님이네요."

"업체 사장 말에 따르면 봉분이 있는 납골묘로 부부 합장하면 50기 정도 처리할 수 있답니다."

종인 모두 고개를 끄덕이며 회장에게 일임했다. 면장 출신 회장은 산 매입, 지관 수배, 장비와 이장 용역업체를 쉽게 찾아 이장 공사를 일사천리로 처리했다. 이장할 산은 불이 났던 송이골 일대의 산을 매입했다. 산불로 인해 송이 채취를 할 수 없자, 산주가

시세보다 싼 지가로 내놓았기 때문이다. 나무가 다 타버린 산이라 벌목비가 안 들고, 장비가 쉽게 접근해 진입로, 계단, 산소 터를 쉽게 닦았다. 용산 묘역에 있던 수십 개의 비석, 상석과 진입로에 쓰일 옹벽 블록도 쉽게 옮겼다. 산 입구에 차 수십 대가 주차할 수 있는 넓은 주차장도 조성했다. 게다가 내 주도로 벌초했던 7, 8대조 묘 4기를 종가 산소가 있는 '동산'으로 이장했다.

드디어 한 달 만에 대문중 묘소 수십 기가 단정하고 보기 좋은 모습으로 송이산 중턱에 자리 잡았다. 대공사가 끝난 후 회장은 문중 회의를 열었다.

"종인들 도움으로 이장 공사를 무사히 마쳤습니다."

"회장님이 아니었으면 이렇게 깔끔하게 끝낼 수 없었지요."

"아닙니다. 다 조상과 여러 종인 덕분입니다."

"전보다 산소 가기가 더 쉬워졌고, 무엇보다 주차장이 넓어 부담 없이 차를 타고 와 주차하니 좋아요. 그리고 묘소 자체가 모두 새 단장해서 그런지 보기 좋아요."

"그런데, 이 모습을 간직하려면 벌초를 잘해야 하는데 각자 의견을 내시죠."

"벌초가 문제야. 다들 고향 떠나 나가 사니 벌초할 젊은이가 있어야 말이지."

"이젠 전보다 주차와 산에 오르는 게 쉬워졌고, 잡풀도 적어 벌초하기가 쉬워졌어요. 그러니, 각파 모두 종인을 독려하여 벌조와 전사 날에 많이 참석합시다."

이 말끝에 회장이 싱긋이 웃으며 기분 좋은 말을 했다.

"이제, 우리 문중 기금이 많이 생겼으니, 전사 제물 구입비와 벌초비도 전액 지원하는 걸로 합시다."

"아니, 조상 일에 뭔 돈을?"

"어차피 이 기금은 조성 일에 쓰일 돈이 아닙니까?"

"맞소, 맞소. 요즈음 사람들은 돈 준다고 해야 참여하잖소."

"제가 관직에 있으면서 다른 집안의 문중 행사에 가끔 참석했는데, 잘되는 집안은 역시 뒤에 돈이 있더라고요. 벌초 때 참여하는 종인, 전사 때 장 보고, 전 부치고, 떡집에 오가고, 과일 쌓고 하는 유사도 수고비 드려야지요."

"그리하면, 종인은 물론 여성분도 많이 참여할 것 같네요."

"맞아요. 우리 회장님 대단해요. 우리는 미처 생각지도 못한 일을 저리 깔끔하게 처리하니까요."

"맞소. 우리 모두, 회장님 수고했다고 손뼉 쳐 드립시다."

"좋아요, 좋아."

면장 형님은 용산에 있던 묘소를 송이골로 이장 작업이 끝나자, 대문중 회의를 열어 경과보고를 했다. 또, 송이골에 있던 7, 8대조 선조 산소를 종가 앞에 있는 동산으로 이장한 경과를 알리기 위해 종갓집 회의를 열었다. 나는 십수 년 동안 홀로 벌초하느라 애먹었던 터라, 동산으로 이장하여 준 데 감사했다.

"형님 이장하시느라 고생하셨습니다."

"아니야. 조상이 돌봐주셔 용산 땅값은 비싸게 받고, 송이골은 싸게 사서 우리 문중 기금이 많이 생겼잖아."

"송이골에 산불이 안 났으면 그만한 가격에 살 수 없었지요?"
"그럼, 그동안 아우님이 홀로 벌초하느라 고생 많았네."
"아닙니다. 송이골 묘 4기 이장 경비는 많이 들었죠?"
"아니야, 대문중 이장 공사업체 사장이 최소 경비로 이장해 주었어."
"모두 형님 덕분입니다."
"별 소릴! 조상이 돌봤다고 봐야지. 이제, 우리 종가 몫인 동산 관리도 송이골 매매로 기금이 생겼으니 산소 관리가 수월할 것 같네."

고개 숙이고 있던 종손이 동산 관리 말이 나오자, 고개를 들어 물었다.

"동산 산소 벌초는 지금까지 두 숙부님 주도로 관리해 오셨는데 앞으로는 어떻게 해야 할까요?"
"그래, 이제 조카님이 종손이 되었으니 앞 문중 일에 대해 의논해 보자. 우리 가문은 예부터 종손이 종가를 지키며 5대조 제사는 물론 명절마다 차례를 지내왔다. 또, 가을이 되면 종손의 주도 아래 용산, 동산, 송이골에 있는 산소를 벌초하고 전사 지내왔다. 그런데, 아무리 시대가 예전과 달라졌고 종손이 형편상 서울에 산다는 핑계로, 종가와 산소를 돌보지 않는다면 조상이 화를 내실 텐데 앞으로 어찌할 생각인가?"
"숙부님, 제가 투자한 사업체를 정리할 때끼지민 기다려주십시오."
"그럼, 그때까지 종가를 빈집으로 만들고 제사, 전사, 벌초는 어찌할 텐가?"

"빈집이라니요? 저와 집사람, 아들이 번갈아 가며 내려오겠습니다."

"그럼, 제사와 선산 관리는?"

"아내와 상의했는데 제사는 전적으로 종부인 아내가 책임지고 준비하겠답니다. 그리고 선산의 벌초와 전사는 제가 내려올 때까지 숙부님이 계속 관리 좀 해 주십시오. 그리고 용산과 송이골의 이장 공사 후 남은 문중 기금은 숙부님이 계속 맡아 주세요."

"사업체 정리가 십 년이 걸릴 때는?"

"아닙니다. 저도 숙부님께 너무 무거운 짐을 안겨드리는 것 같아 늦어도 2년 안에 내려오겠습니다."

"그래?"

"숙부님, 제 처지와 같은 여러 종손 친구에게 물어보니, 이제는 봉분보다 납골하여 납골당이나 평장, 자연장, 수목장으로 조상을 모시는 추세라고 말했습니다. 우리 문중도 고려해 봐야지요?"

"뭐라? 평장? 수목장? 종손 아닌 지손이면 상관없지만 종손은 안되네. 또, 그건 산이 없는 부실한 문중이거나 종교가 있는 집안에 해당이 되는 경우가 아닌가?"

"예, 당장 그렇게 하겠다는 게 아니라 고려해 보겠다는 게 제 의견입니다."

"그래, 국가 차원에서 대대적으로 시행할 때는 몰라도 아직은 아니라 본다."

"예, 알겠습니다."

"그리고 문중 일 중에 제일 큰일이 벌초인데 지금까지 이 동생하고 내 주도로 해왔지만, 다른 문중처럼 전문 용역업체에 맡겨야 하지 않겠나?"

"그럼요. 올해까지만 우리 친척 모두 참여하고 내년부터 그리하시죠?"

"그래. 벌초가 얼마나 힘든 건지 다들 알아야 하는데 말이야."

"예, 그래서 내년부터 벌초와 전사에 참석만 해도 모두에게 수고비와 여비, 기름값을 드릴 생각입니다."

"어허, 그래?"

문중 회의가 끝난 후, 아내는 제사와 명절 차례를 지낼 때마다 종가로 갔다. 장조카 종부가 제물과 상차림에 서투르고 도와달라 했기 때문이다. 아내는 떡방앗간에 떡을 주문하고, 시장에서 어물과 과일을 사 오고, 숙모님은 종부와 함께 나물을 삶아 볶고 양념을 넣어 묻히는 일을 했다. 자기 일처럼 열심히 한 이유는 예전처럼 봉사가 아니라 노동비를 떳떳하게 받기 때문이었다. 종가 앞에 있는 동산은 높지 않고 길도 있어 올라가기 쉬웠다. 벌초 날이 되자 6촌 형님 가족과 우리 가족은 9시에 동산으로 올랐다. 타지에 사는 일가친척도 산 아래 공터에 10시쯤에 도착할 것 같다고 전화했다.

1대조, 2대조를 모신 산소는 산 맨 위에 있었고, 면장 형님네가 벌초를 담당했다. 아랫단에 있는 3대조, 4대조 산소는 우리 집 담당이었다.

"고향에 살면서 한 가족의 가장이 되어 아무 탈 없이 사는 건 모두 다 조상 덕입니다. 오늘도 아무 탈 없이 무사하게 벌초하게 도와주십시오."

나는 예초기에 시동을 걸어 작업대를 두 손으로 단단히 쥐고 풀을 베기 시작했다. 예초기 날이 요란한 소리를 내며 돌았다. 아내는 내가 베어 놓은 자리에 수북이 쌓인 풀들을 깍지로 모아 삼태기에 담아 묘지 밖으로 버리는 작업을 했다. 봉분에 오르내리고, 비석과 상석에 톱날이 부딪치지 않게 바싹 긴장하며 풀을 베었다. 콩죽 같은 땀이 얼굴에 흐르고 작업복이 금방 땀에 젖었다.

"형님, 수고하십니다"

사촌 동생이 산으로 올라오며 소리쳤다. 나는 오랜만에 보는 사촌 동생을 향해 손을 흔드는데, 갑자기 손등이 따끔했다. 순간 '땡삐'구나 여겨 공구 통에서 모기약 스프레이를 꺼내 손과 팔, 온몸에 마구 뿌렸다. 아내도 놀라 부어오른 손등에 물파스를 요란스럽게 발라 주었다. 윗단에서 낫으로 봉분 풀을 베던 6촌 형님이 쫓아왔다.

"아우님, 괜찮은가?"

"다행히 쏘인 곳이 핏줄이 아니라 살에 쏘여서인지, 물파스 발랐더니 덜 아프네요."

"천만다행이네."

"형님, 아드님 벌초하는 데 가보세요. 여긴 염려 마시고요."

나는 6촌 형님이 윗단으로 올라가자 벌에 쏘인 손등에 물파스를 더 발랐다. 마침, 산 아래를 보자 종손 조카가 올라오고 있었다.

"어서, 오시게!"

나는 반갑게 소리치며 손을 흔들고, 다시 예초기 시동을 걸어 나머지 풀을 베기 시작했다. 육촌형님의 막내아들도 윗단에서 예초기로 풀을 베고, 그 아들은 베인 풀을 깍지로 모아 나무숲으로 나르고 있었다.

"앗, 뭐야?"

면장 형님의 막내아들과 조카가 동시에 비명을 질렀다. 나는 순간, 요란하게 돌아치는 기계 소리를 뚫고도 들리는 비명이니, '큰 사고가 생겼구나!'라 직감하고 기계를 얼른 끄고 윗단으로 뛰어갔다.

"피 나는 정강이부터 수건으로 빨리 동여매라!"

형님이 뛰어오는 나를 보고 소리쳤다.

"자네는 119에 전화 좀 해주게"

"예"

전화를 하면서 대학생 조카에게 다가가자, 왼쪽 발 무릎 아래로 피가 흘러 바지가 벌겋게 물들어 있었다.

"내가 예초기 가까이 가지 말라고 몇 번이나 소리쳤냐? 아이고, 이게 뭔 일이야?"

면장 형님은 피가 계속 나는 손자의 다리를 부여잡고 어쩔 줄 몰라 했다.

"풀 옮기는 게 뭐이 그리 바쁘다고 예초기에 바짝 붙어? 붙길!"

"그래도, 예초기 휘두르는 너가 주심해야지."

면장 형님은 막내아들을 야단치고, 막내아들은 자기 장남을 야단쳤다.

"그래도 이만하기 다행입니다. 칼날이 정강이뼈를 약간 스친 것 같네요."

내가 6촌 형님을 위로한답시고 땅바닥에 퍼질러 앉으며 한마디 했다. 소방서가 산 아래 가까운 곳에 있어서인지, 전화한 지 얼마 지나지 않아, 사이렌 소리가 나며 119차량이 보였다. 나는 산 밑으로 급히 내려가는 면장 형님네 식구를 바라보다가 증조부 산소 앞에 무릎을 꿇었다.

"증조부님, 6촌 형님은 평생 고향에 살며, 종손 형님을 정성으로 보필해 문중 일을 성심껏 도왔습니다. 또, 공직에 근무하며 공명정대하게 맡은 일을 처리했습니다. 일을 해본 적이 없었지만, 공직에서 퇴직하자마자 송이골 벌초를 하고 내려오시다 허리를 다쳐 병원 신세를 져야 했습니다. 몇 해 전에는 용산에 있는 대문중 선산이 도시계획 부지로 들어가자, 형님이 주도하여 송이골로 이장하는 대공사를 마쳤습니다. 오늘 대학생 손자가 벌초를 돕다, 예초기 칼날에 정강이를 다쳤는데, 부디 큰 사고가 아니기를 빕니다!"

나도 모르게 소리 내며 읊조리는데, 다시 손등에서 지독한 통증이 왔다. 나는 손바닥으로 손등을 때리며 큰 소리로 말했다.

"시방, 벌에 한 방 쏘인 통증이 문제가 아니라 칼날에 베인 손주 정강이뼈가 더 큰 문제란 말이야!"

멀어져 가는 119차량을 바라보고 있자니 선산 벌초에 참여하지 않은 서울에 사는 두 형님과 조카들이 섭섭하기보다는 천만다행이라는 생각이 들었다. 어이없는 생각에 고개를 좌우로 흔들었는데, 피식 웃음이 절로 나왔다. 들리지 않는 사이렌 소리처럼 십수 년 해 왔던 벌초 작업도 이제 내년부터 용역업체로 넘어간다는 사실에 문득 시원섭섭한 기분이 들었다.

〔희곡〕

8

희망이 말통이네

⟨등장인물⟩

박준형(남: 45세)

김억만(남: 45세)

강수길(남: 45세)

골목미장원(여: 34세)

신발집(여: 53세), 초원집(여: 35세)

잔치국수집(여: 45세)과 그 남편(56세), 세탁소(남: 40세),

⟨무대⟩

무대 뒤편 멀리 항구가 보이고, 골목 언덕배기에 등대, 그 밑으로 따개비처럼 붙어 있는 가게와 집들이 보인다. 무대 앞면은 전

형적인 재래시장 뒷골목 정경이다. 장수목욕탕, 뼈다귀해장국, 잔치국수(1,000원이라 쓴 붉은 천이 보인다), 골목미장원, 석유부판점, 싸게판다신발집, 만화방, 세탁소, 노가리도매점, 초원집의 간판이 보인다.

억만 : (손등으로 입을 닦으며) 여어, 수길이. 해장국 잘 얻어먹었다.
수길 : 자네가 사는 게 아냐? 난 그냥 빈말로 속 좀 채우자고 했을 뿐인데.
억만 : 어쭈? 체면 살려줬더니, 이제 와서 오리발 내미네?
수길 : 아니, 오늘 아침, 마수걸이해 준 고객한테 돈 번 사장이 사야지. 이거 원, 순사한테 술 얻어먹으려는 심보네.
억만 : (짐짓 화내며) 뭐, 고객? 입술에 침이라도 바르고 말해. 꼭두새벽부터 전화해서 (수길의 말투로) "김 사장 나 좀 살려다오. 어제 술 마시느라 깜빡 잊고, 그만 전화 못 했다. 새벽에 목욕탕 와서 보일러 기름통 눈금을 보니 떨어지기 직전이니 어쩌냐? 내 체면 봐서, 석유 말통 10통을 지금 배달 좀 해 다오"라며 질질 짜면서 사정한 게 누군데? 그리고 눈이 내려 유리처럼 반질반질한 빙판길에 첫새벽부터 돈 몇 푼 벌려고 배달하는 작자가 어디 있냐?
수길 : 아이고, 무서워라. 내 알았다. 돈 있는 놈이 더 밝힌다고, 내 더러워서 오늘은 내가 사마. (지갑에서 돈을 꺼내며 일어난다)

억만 : (재미있다는 듯이 수길을 빤히 쳐다보며) 뜨끈뜨끈한 국밥을 얻어먹어서인지, 오늘따라 선지가 야들야들해서 좋더라. (이를 쑤시며) 그리고 지금 보니, 자네 낯이 그게 뭐냐? 자칭 '장수목욕탕' 보일러 실장이자 때밀이란 놈이 얼굴은 먹도둑놈처럼 시커메 갖고 말이지. 거, 좀 뜨끈한 목욕탕 안에서 몸을 한참 담갔다가 수세미로 때를 빡빡 밀어내면 혹시 아나? 얼굴이 멀끔해질지!

수길 : 사돈 남 말하네! 곧 주유소 사장이 된다는 분이 손톱엔 맨날 새카만 때가 꼬질꼬질하질 않나, 게다가 옷에선 기름 냄새가 진동하고 말이야. (코를 누르며) 아이구, 이 냄새!

억만 : 어, 그래? 매일 기름 냄새에 인이 박혀서인지 나는 못 맡는데. 야, 그래도 십구공탄을 지게에 지고 저 언덕배기며 골목으로 배달했던 옛날보다야 백 번 낫지, 뭘 그러냐? 내 한 몸 부지런 떨어 이 엄동설한에 여러 사람 등때기 따시게 하는 이 사업에 난 후회 없다.

수길 : 나도 내 하는 일에 만족한다.

억만 : 만족? 자네 속셈 모를 줄 알고? 목욕탕 드나드는 여자 중에 또, 눈독을 들이는 여자 있지? 너희 부부는 어찌 생겨먹었는지, 마누라는 남편 얼굴 보기 힘들어 바람이 나고, 남편은 남의 떡이 더 맛있다고 노상 다른 여자에게 눈독을 들이고 말이야.

수길 : 이 친구가 시방 생사람 잡으려 하네.

억만 : 예전에 자네가 배 탈 때, 겨울 바다에서 하도 몸을 떨어, 뜨뜻한 목욕탕에 미련 둔다는 걸 이해는 한다마는 때밀이에 너무 집착하지 마라. 자네 나이가 몇인데, 아직도 남의 등때기나 사타구니 때 벗기며 살래?

수길 : 창피해서 싫다고 손사래 치는 나에게 직업에는 귀천이 없다고 날 꼬드겨, 목욕탕 보일러 담당에다 때밀이로 취직시켜 준 게 누군데 그 따위 소리하냐?

억만 : 그때는 자네가 마누라가 집 나갔다고 맨날 술타령에다 싸움질이나 하니, 임시적으로다가 목욕탕 주인에게 말했던 거잖아.

수길 : 기름 팔아먹으려고 고객 유치 차원으로 심어 놓은 게 아니고?

억만 : 너 시방 물에 빠진 놈 건져 놓으니, 보따리 내놓으라 하는 식이네.

수길 : 나도 다 생각이 있다.

억만 : 얼굴 허여멀겋게 만들어 야들야들한 여자 꼬실 생각?

수길 : 뭐야? 이제는 정신 차려 알뜰살뜰 사는 나에게 자꾸 빈정거릴래? 그라고 뭐 좀 알고 씨부려라. 여자는 말이야, 얼굴이나 팔다리 색깔이 좀 거무틱틱하고 근육이나 알통이 있어 힘 좀 쓰는 사내를 좋아한다고. (잔치국수 집에 앉아 있는 주형을 가리키며) 허구한 날 저기 앉아 국수 먹는 사내처럼 낯짝이나 몸통이 비쩍 말랐으면 쳐다도 보지 않는다구.

억만 : (사이) 그게 아닌데… 저기 봐? 저 손님은 바싹 말랐는데, 주인아줌씨가 술도 따라 주고, 국수도 더 얹어주고, 양념간장도 더 얹어주잖아. 게다가 사내를 바라보는 저 그윽한 눈길이며 애정이 듬뿍 담긴 입꼬리며!

수길 : (화를 내며) 너는 시방 쇠 간 한 근 씹어먹었나? 내 눈에는 전혀 보이지 않는 걸 다 보고 난리야. 그럼, 뭐야? 저 국숫집 아줌씨도 끼가 있다는 거야, 아니면 사내가 시방 아줌씨를 꼬시고 있다는 거야?

억만 : 꼴에 질투하기는? 저 사내 뒷모습 좀 봐? 축 처진 어깨며 낡은 옷을 걸쳤지만 뭔가 보이지 않는 매력이 있으니, 아줌씨가 관심을 보이는 거라고.

수길 : 헛다리 짚지 마라. 여자에 관한 한 내가 너보다 몇 곱절 낫다. 저 아줌씨는 시방 노름꾼 남편 땜에 하루하루 죽지 못해 산다더라. 사내라면 아예 치 떨고 있다구.

억만 : 그래? 하기사 버썩 마른 사내가 불쌍하게 보여 뭘 더 주겠지.

수길 : 그럴지도 모르지.

억만 : 그런데, 천 원짜리 국수에 무슨 우수리 더 주겠냐? 저 국숫집 남편은 전에 은행에 다니지 않았나?

수길 : 예전에야 그랬지. 지금은 만년 백수에다 노름꾼이구.

억만 : 퇴직금이 상당했을 텐데.

수길 : 까마귀 날자 배 떨어진다고, 퇴직할 즈음 정선 사북 카지노가 개장했거든. 거기로 은행 다닐 때처럼 넥타이 매고

양복 입고 출근하더니, 반년 만에 억 소리가 나는 퇴직금을 다 까먹었다더라. 그 후, 집구석에 처박혀 있다가 의처증까지 생겼대. 돈 떨어지면 저 골목 모퉁이에 숨어있다가, 남자 손님이 국수 먹고 나가면, 제 마누라에게 달려가 '왜 저놈에게 눈웃음 살살 치냐?'며 트집 잡다가 결국 노름돈 뜯어 간다더라.

억만 : 참으로 이 좁은 골목에 별 인간이 다 있네. 가만, 저 비쩍 마른 친구, 눈에 익지 않아? 자세히 봐!

수길 : 글쎄. 그런데 국숫집 남편이 저 친구는 건들지 않는데. 그 이유가 자기랑 비슷한 꼴이라나? 허구한 날 삼시세끼 잔치국수만 먹고, 저녁에는 꼭 소주 한 병을 추가로 마시고, 이 골목 끝에 있는 하꼬방으로 가서 잔대. 저렇게 하루하루 버티다가, 바람처럼 사라져 버리는 사람들이 이 골목에 어디 한둘이냐구? 잠깐, 저 친구 자꾸 보니 정말로 낯설지 않네.

억만 : 자네도 마누라가 집 나갔을 때, 매일 잔치국수로 끼니를 때우고, 소주 안주로 국수 국물을 숟가락으로 떠먹었다며? (손목시계를 보며) 벌써 시간이 이렇게 됐나? 자네 덕분에 오늘 마수걸이로 장수목욕탕에 말통 열 통이나 넣고, 해장국까지 얻어먹었으니 나 오늘 출세했다야.

수길 : 어쭈, 입술에 침 바르고 말헤리. 디음엔 자네가 사는 서지? 수육에 쐬주까지?

억만 : 알았다. 아, 참 그리고. 이 동네는 한겨울인데도 영 말통

이 안 나가.

수길 : 몰랐어? 봄날 같은 겨울 날씨에다 명태가 안 잡혀 그렇지 뭐.

억만 : 명태? 그래, 동해 바다는 여름철에 오징어, 겨울철엔 명태잖아. 이 명태가 잡혀야, 항구며 덕장에 사람들이 복작거리지. 그런데 벌써 몇 해째야? 오징어는 아직 잡히지만, 명태는 꼴도 못 봤으니, 원.

수길 : 그 명태가 잡혀야 저기 부두는 말할 것 없고, 언덕배기 덕장에도 살판나는데 말야. 아줌씨들이 명태를 할복해야 품값으로 창란, 명란, 곤지, 아가미를 받아, 집으로 갖고 가서 젓갈 담그고, 식혜 만들어 장에 팔았잖아. 덕장 주인은 할복한 명태를 짚으로 엮은 새끼로 아가미에 꿰어 고랑대에 걸어 건조했지. 비나 눈이 오면 얼른 천막을 씌워 젖지 않게 했잖아. 그렇게 건조한 명태를 언태, 바람태, 먹태, 지방태로 불렀고, 두 눈알이 빠지지 않게 조심스럽게 손질했잖아. 눈 하나라도 빠진 북어는 제사상에 올리지 못했으니까. 아, 그러고 보니 북어란 말 오랜만에 입에 담아 보네. (재미있게) 북어, 북어? 계집과 북어는 두들겨 패야 제맛 난다는 말이 있잖아. 그런데, 언제부터인가 여자 패는 간 큰 사내도, 귀한 대접 받던 북어도 이젠 모두 옛말이 되어버렸네.

억만 : 맞아, 몇 해 전부터는 저기 보이는 동해 바다가 아니라 저 멀리 러시아 바다에서 잡힌 명태를 수입해, 한계령 넘

어 인제 산골짝에서 눈에 맞히며 얼렸다 녹였다 말렸다 하며 건조한 황태가 판치고 있으니 말이야. 북어 만들던 덕장은 몇 개뿐이고 수입 명태로 겨우 명맥만 유지하고 있잖아.

수길 : 맞아. 이젠 명태가 안 잡히니 예전의 호경기는 사라졌지, 뭐.

억만 : (노가리 도매점을 가리키며) 저 노가리 도매점도 사시사철 사람들로 꽉 차서 시끌벅적거렸는데, 이젠 파리만 날리네.

수길 : 그래, 술안주로 노가리가 최고였잖아. 혹시 명태 새끼 노가리를 너무 많이 잡아 명태 씨가 마른 것 아니야?

수길 : 설마, 그것 땜은 아니겠지. 아, 생각났다.

억만 : 뭐가?

수길 : 이 골목에 석유가 잘 안 나가는 진짜 이유는 바로 효도 때문이라구.

억만 : 뭔, 자다가 봉창 두드리는 소리냐? 효도라니!

수길 : 효도용 옥돌 장판! 뭔지 모르겠어? 우리 목욕탕에 오는 아줌씨들 말하는 걸 들어보면 말이야, 집마다 이 옥돌 장판을 거의 다 갖고 있대. 자식들이 효도 차원에서 사준다더라. 아무리 추운 날도 옥돌 장판 스위치를 켜 놓고, 얇은 요 깔고, 이불 덮고 자면 찜질방도 저리 가라는데?

억만 : 그래? 석유 장사도 이젠 끝물인가….

수길 : 아직은 아니지. 연탄도 30년 넘게 땠잖아. 석유를 본격

적으로 때기 시작한 게, 이제 겨우 10년이 넘었을 뿐이 잖아.

억만과 수길이 뼈다귀해장국 집 앞에서 헤어지려다가, 잔치국수 집에 있던 준형이 식당에서 골목으로 나와 둘의 앞으로 비틀거리며 지나가는 모습을 본다. 억만과 수길이 준형의 앞을 가로막고 고개를 갸웃거리며 몇 번이고 쳐다본다.

억만 수길: (동시에) 자네, 준형이 맞지?
수길 : 교장선생 외아들이자 과수원집 아들 박준형이 맞지?

조명이 꺼진다.

무대가 밝아오면 만화방 간판 앞의 의자에 억만과 수길의 복판에 준형이 앉아 있다. 셋은 그동안 술을 더 마셨는지, 윗몸을 건들거리다가 돌아가며 일어나, 죄 없는 바닥에 원망 섞인 발길질을 한다. 침묵을 지키던 준형이 일어난다.

준형 : (손가락질하며) 너희 둘에게 부탁이 있다.
수길 : 자네를 봤다는 말, 소문내지 말아 달라고?
억만 : 글쎄, 우리야 그렇게 하겠다마는 여기가 어디냐? 고향이 지척인 항구 시장 바닥인데, 마포 바지에 방귀 세듯이 자네 봤다는 말이 금방 퍼지지 않겠냐?

준형 : 그건 어쩔 수 없는 일이지만, 고향 친구인 너희들은 내 부탁을 좀 들어 줬으면 (고개를 푹 숙이며) 좋겠다.

수길 : 자네 심정 알았네. 그런데 하필 이 시장 골목에 자리 잡았냐?

준형 : 나도 몰라. 갈 데는 고향밖에 없었어. 여기 골목에 자리 잡은 건 항구 앞이라, 수중에 몇 푼 갖고 있는 돈 다 떨어지면 입에 풀칠할 일거리는 있겠지 여겨 자리 잡았어.

수길 : 입에 풀칠하려고 이 골목에 자리 잡았다고? 아이고, 그래서 매일 잔치국수를 죽으나 사나 후루룩 먹었구나. 너같이 부족한 게 없이 귀하게 자란 놈이 어쩌다 이런 신세가 됐냐고? 참 세상살이 알 수 없다.

억만 : 자자, 우리 오랜만에 만나 칙칙한 이야기 말고 (만화방 간판을 가리키며) 만화방에 죽치고 살던 우리 어린 시절이나 회상해 보자고.

준형 : 그깟 것, 난 다 잊어버렸다.

억만 : 잊어버려? 난 못 잊는다. 특히 너희 어머니한테 신세 진 거는 못 잊어버린다. (회상 조로) 매년 늦가을 국광 사과를 다 딴 다음에는 말이야, 고맙게도 너희 어머니는 꼭 우리 아부지 가게에 연탄 2,000장을 주문했지. 그때 2,000장 주문하는 집이 우리 동네에서 자네 집이 유일했어. 겨울 초입이 되면 우리 식구는 말이야, 그야말로 마카 연탄 배달 일에 매달렸어. 난 그때부터 배달이 내 체질인 걸 알았나 봐. 어린 나이에도 콧잔등이며 이마며

손등이 까매져도 난 부끄럽기는커녕 당당했거든. 그런데 말이야, 너희 어머니께 지금도 신세 졌다고 생각하는 건 말이야, 땀 흘려 일하면 꼭 보상받는다는 것을 일찍 깨우쳐 주셨기 때문이지. 연탄을 천 장쯤 길에서 창고로 나르다 보면 목구멍에 단내가 나고, 등짝에 땀이 줄줄 흘러내렸어. 그런데, 꼭 이때쯤에 자네 어머니가 국광 사과를 (두 손을 벌리며) 이만큼 담은 바구니를 우리 식구들 앞으로 갖고 오셨지. 땀 흘리다 먹는 그 국광사과 맛이란!

준형 : 그만, 그만. 너, 나한테 무슨 억하심정이 있어 지금 그런 소리하냐?

수길 : 그만하기는? 야, 억만이 너도 그 국광 맛을 잊지 못하는구나. 정말 일하다 먹는 그 국광 맛 아주 끝내줬지. 자네는 연탄 배달 때만 갔지만, 사과 수확 철이 되면 나는 매일 준형이네 과수원에 갔어. 우리 엄니가 준형이네 과수원에서 사과 따는 일을 했거든. 그땐 말이야 품값으로 사과 세 자루씩을 주었어. 한 자루는 우리 엄니가 머리에 이고, 한 자루는 양손으로 안고 가시고, 한 자루는 내가 지게에 지고 집까지 가느라 애를 먹었지. 엄니와 나는 애써 갖고 온 국광을 마당에 멍석을 깔고 그 위로 쭉 쏟았어. 그리곤 정품과 지치레기를 따로 놓는 작업을 했어. 한참 구분하다가 나와 동생이 알이 굵고 좋은 정품을 하나라도 먹을라치면 엄마는 작대기로 우리 등짝을 때리

며 밖으로 쫓아냈어. 아참, 내가 그때부터 정품에 대해 한이 맺혔는지, 지금도 사과를 살 때는 꼭 (두 손바닥을 둥글게 합치며) 이만한 정품만 산다니까. 참, 그런데 요새는 달콤한 홍옥이나 시원한 국광 같은 사과는 왜 눈을 씻고 봐도 볼 수 없는 거야?

준형 : (화를 내며) 시끄럽다, 너희들 이젠 돈푼깨나 만지며 산다고, 아주 돌아가며 나를 멍석 위에 깔아 막 뭉개는구만.

억만 : 이 친구가 꽈배기 삶아 먹었나, 매사 무슨 말을 그리 비비 꼬냐?

수길 : 우린 단지 이런 막장 같은 골목에서 자넬 만난 게 신기하고, 자연스럽게 옛 추억이 떠올랐을 뿐이라구.

준형 : 시끄러워, 이 촌놈들아. 너희들 내 소문 다 들어 알면서, 어렸을 때 추억을 꺼내는 척하면서, 나를 더 궁지로 내몰 심산인 걸 내 모를 줄 알고? 내 이래 봬도 심리학 석사 출신이야.

수길 : 야, 이거 내가 다 돌겠네. 하루하루 먹고사는데 바쁜 우리가 무슨 꿍꿍이셈이 있겠냐? 참, 윗동네 살던 김학수 알지? 그 친구가 하루는 서울서 내려와 재경 동창회장이었던 자네가 갑자기 소식을 끊어, 그때부터 동창회고 나발이고 없어졌다고 그러더라. 그래서 우린 네 사업이 잘 안 돌아가는구니, 라고 짐작만 했어.

준형 : 그것 봐. 그 소문뿐 아니지? 너희들 몇 놈만 모였다 하면

내가 사업합네 하다가 과수원이며 아버지 퇴직금까지 다 말아먹었다고 입방아 찧는 줄 내 모를 줄 알고?

억만 : 그 정도였어? 우린 정말 몰랐다.

수길 : 그렇게 쫄딱 망했어? 어쩐지 너희 부모님이 영 힘이 없어 보이더라.

준형 : (반가움에) 우리 부모님 봤어? 언제? (풀이 죽으며) 곱게 늙으셔야 할 분들이 말년에 이 못난 자식 땜에 무슨 고생이냐구….

무릎 꿇고 흐느껴 운다. 억만과 수길이 준형을 일으켜 세운다.

준형 : (둘의 목을 껴안으며) 이 친구들아! 얼마 전까지 서울 지하철역에서 내가 마분지 깔고 덮고 자다가, 용기 내어 여기까지 굴러온 놈이라구. 제발 나에 대해 빈정거리지 말고 그냥 못 본 체 이대로 가만히 두라구. 알았어? 조명이 서서히 꺼진다.

어둠 속에서 갑자기 싸우는 소리가 들린다. 시장 뒷골목은 마치 밀림의 정글을 연상시킨다. 악어가 사슴을 잡아먹는데, 갑자기 하마가 나타나 악어를 문다. 〈뭐야, 뭐야? 내가 먼저 물건을 파는데, 왜 끼어들어 싸게 파는 거야?〉 치타가 죽을힘으로 달려가 가젤을 잡아먹으려는데, 하이에나 떼가 이를 드러낸다. 〈야, 이년아! 겨우 마수걸이를 하는데, 왜 남의 손님 뺏고 난리야〉. 암내 내는 암놈에게 서로 잘 보이려고 싸우는 수컷 산양들〈저 손님은 우리 집 단골이야〉. 사냥은 안 하고 게으르게 잠만 자다 나타난 수사자〈오랜만에 단체 손님 겨우 꼬셔놨는데, 뭐야? 얼굴 이쁘면 다야?〉 작전을 펴 겨우 산양의 목덜미를 문 늑대를 들개 떼가 포위해 좁혀온다〈못 놔. 겨우 외상값을 받으려는데, 받기 전엔 못 놔〉. 떠오르는 보름달을 보며 제 짝 찾으려 우는 늑대〈한 많은 이 세상 야속한 님아…〉. 다투고 싸우는 온갖 소리가 어두운 시장 골목 여기저기에서 뒤섞여서 들린다.

갑자기 조용해진 골목, 119구급차 사이렌 소리와 호루라기 소리가 나며 사람들 부산하게 움직이는 소리가 들린다.

"비켜요, 비켜. 사람 칼 찔린 것 처음 봐요?"

구조대의 급박한 소리가 나며 조명이 들어온다. 잔치국수 집 앞에 준형이 희미한 불빛에 앉아 있다.

신발집과 초원집이 구급차가 지나간 곳을 힐끔거리며 빠르게 미장원 곁으로 다가선다.

미장원 : (하품하며) 꼭두새벽부터 이게 뭔 소리에유? 이눔의 골목에는 어느 날 하나 조용한 날이 없고, 사선이 안 생기는 날이 없어.

신발집 : (놀란 가슴을 진정시키며) 정말로 몰랐어? 글쎄, 포목점 형님이 새벽에 천 자르는 가위로 주정뱅이 남편 배를 찔렀대.

미장원 : (깜짝 놀라며) 예? 그럼 죽었어요?

신발집 : 몰라, 구급차에 실려 갔으니. 설마 죽기야 할라구.

초원집 : 하이고, 무서워라. 그 형님 생긴 건 순덕이 같더니 독하네 독해. 우째 제 낭군을 가위로 다 찌를까 잉.

신발집 : (삿대질하며) 자네 그게 무슨 소리인가? 숱한 사내놈 홀려 술장사하는 줄은 알지만, 같은 여자 처지로서 그렇게 막말하면 안 되네. 형님이 오죽했으면 그렇게 모진 짓을 했겠는가?

미장원 : 아이, 신발집 형님이 참으세요. (신발집 손을 옆으로 당기며 작은 소리로) 포목집 남편이 초원집에서 노상 죽치는 걸 모르세요?

초원집 : (입을 삐죽거리며) 흥, 사돈 남 말하네. 지 년도 홀몸이네 하며, 별 사내 미장원으로 다 끌어들이면서.

미장원 : (소매 걷으며 싸울 듯이) 별 사내라니? 그럼, 머리 깎으러 오는 손님 보고 나가라 그래?

초원집 : (준형을 가리키며) 그럼, 저 작자도 머리 깎으러 들어갔어?

미장원 : (피식 웃으며) 개 눈엔 똥만 보인다더니 딱 맞는 말이네. 초원집 눈엔 사내 모두 자기 집 손님으로 보인다 이거지? 저자가 자기 가게 안 오고 맨날 국숫집에 앉

아 술 마시니 배 아파? 어젠 저자가 고주망태 돼 우리 미장원 문 앞에서 바지 내리기에 가게 안 변소에서 누라고 소리치는 걸 갖고 저렇게 넘겨짚네.

신발집 : 거, 자네도 실수했구먼. 혼자 사는 여자가 떠돌이 주정뱅이를 왜 문 안으로 들이누? 그나저나 (준형을 가리키며) 저 작자도 맨날 잔치국수 집에 앉아 있다가는 노름꾼 남편한테 변을 당할 텐데….

말이 끝나기 무섭게 검은 라이방을 쓴 잔치국수 집 남편이 무대로 나와 거들먹거리며 세 여자 앞을 지나 준형이 옆에 서서 아내에게 손을 내민다.

국수집 : (기가 차다는 듯이) 날 밤을 새우고도 아직 기력이 남아 있네요. 그 좋은 머리로 노름판에서 돈 한 번 따는 걸 못 보니 뭔 조화래요? 국수 한 그릇 말아 줄 테니 먹고 집에 가서 한잠 푹 자요.

남편 : (사이) 맞는 말이야. 아, 당신 말대로 이 좋은 머리로 왜 내가 돈을 못 따느냐를 분석해 봤다 이거야. 결론은 바로 밑천이지. 노름은 배짱 싸움이야. 밑천이 두둑해야 배짱이 생기고 운도 따르는 거라고.

국수집 : 알았어요. 내 천 원짜리 잔치국수를 부지런히 팔아 노름 밑천을 두둑히 대 줄 테니 오늘은 집에 가시 잠이나 자요.

남편 : 가만, 가만, 수상한데…(갑자기 준형을 가리키며) 저 작 잔 오늘도 또, 우리 식당에서 죽치고 있네. 뭐야? 왜 맨날 국수만 처먹지? 게다가 왜 당신이 쇠주까지 따라 주는 거야. 나한테는 노상 우거지상을 하다가도 이 자식한테는 왜 웃음을 살살 쪼개냐구? 둘이 뭔 썸씽이 있는 거지? 엉?

준형 : (비틀거리며 일어난다) 형씨? 나같이 집도 돈도 없는 놈과 무슨 썸씽이 있겠소? 거 괜히 그러지 말고, 천사 같은 마누라 금쪽같이 귀한 줄 아시오.

남편 : 뭐야, 이 자식이 누구에게 훈계야?

잔치국수 집 남편이 준형의 멱살을 잡아 무대 중앙으로 확 민다. 준형이 맥없이 넘어진다. 잔치국수 집 주인이 비명을 지르며 뛰어나와 남편의 두 손을 잡고 놓지 않는다. 남편은 아내에게 끌려가면서도 쓰러져 있는 준형에게 발길질한다. 두 손을 머리에 감싸안은 채 한참 엎드려 있던 준형이 일어난다. 완전히 망가진 모습이다. 무대 위를 비틀거리다 미장원 앞에서 바지 혁대를 풀어 소변을 누려고 한다. 미장원 여자가 놀라 "에구머니나!" 하며 무대 뒤로 도망가고, 초원집은 호기심 어린 몸짓으로 준형 뒤에 바짝 서고, 국수집은 부끄러운 듯 무대 옆으로 피한다. 세탁소가 준형의 몸짓을 봤는지 급히 무대로 나온다.

세탁소 : 어쩐지 새벽마다 우리 세탁소 앞에 지린내가 왜 진동

하나 했더니, 삼시세끼 잔치국수로 때우는 네놈 짓이
었구나. 떨거지 같은 놈, 오늘 잘 걸렸다.
(다가가 준형이 멱살을 잡으려 한다) 오늘 몸이 근질
근질하던 차 잘 됐다.

    세탁소가 준형이 멱살을 잡으려 하자, 뒤로 물러서다 스스로 넘어진다. 넘어진 준형에게 세탁소가 허공에 주먹질하고, 침을 퉤 뱉고 사라진다. 엎드려 있던 준형이 갑자기 짐승 같은 울음소리를 내며 흐느낀다. 초원집이 우는 준형 주위를 한 바퀴 돌다 흥미를 잃었다는 듯이 사라진다. 미장원이 준형을 안타깝게 여기며 발을 동동 굴리다 다가간다.

미장원: (누님처럼 살갑게) 얼굴은 곱상하고 가방끈도 길게 생
    긴 사람이 이게 뭔 꼴이에요. 숨겨진 사연이 뭔 줄 몰라
    도 하늘이 무너져도 솟아날 구멍이 있다고 하잖아요.
    첫눈에도 배운 사람 티가 나는데, 왜 매일 이렇게 맥 놓
    고 허랑방탕 술타령이나 하고, 남의 가게 앞에 오줌 지
    리고 그래요?
준형 : (술 취한 목소리로) 당신, 이런 좁아빠진 골목에서 미장
    원이나 하는 주제에 누굴 충고하는 거야? 내 와이프는
    곪아 죽어두 이대 출신에다 서울 토박이 출신이야, 이
    거.
미장원: (쓰게 웃으며) 그래요? 그럼, 그 귀부인은 어데 두고, 왜

이런 뒷골목에 혼자 쳐져 잔치국수와 소주로 삼시세끼 때우고, 남의 가게 앞에 오줌 싸다 발길질당하고 있나요?

준형 : 그게…, 그게…(말을 더듬다 갑자기 벌떡 일어난다. 한참 무대를 돌다가 예전의 모습을 되찾은 듯이) 그래, 당신 말대로 내 사업이 잘 풀릴 땐 우리 와이프도 귀부인 행세를 했었지. (꿈꾸듯이) 내가 퇴근하면 거실에 감미로운 샹송이 들렸고, 탁자에는 70년 산 프랑스 와인이 아이스박스에 담겨 있었고, 크리스털 글라스가 두 개 놓여 있었지. 또, 큰 접시에는 치즈가 듬뿍 든 케이크와 달콤한 청포도가 있었지. 와이프가 우아한 미소를 지으며 와인을 두 글라스에 따르면, 우리 부부는 러브샷을 한 후 마셨지. 이때, 유명 발레리나에게 개인 교습을 받는 우리 딸이 깜찍하게 춤을 추고 난 후, 나에게 안기며 뺨에 뽀뽀를 해주었지. 사랑스러운 와이프가 거실에서는 요조숙녀로 와인을 마셨지만, 푹신한 침대 위에서는 요부로 변해, 나를 뿅 가게 했지. (말투를 바꾸며) 그런데 말야, 프랑스 말과 이태리 말을 능수능란하게 하는 그 망할 놈의 사기꾼이 나와 와이프에게 접근한 후, 내 사업이 조금씩 삐걱거리기 시작했지. 난 그놈의 행태와 사업 구상이 의심스러웠으나 와이프는 그놈을 엄청 신뢰했어. 그래서 가정의 평화를 위해 내색을 안 하고 평시대로 대했어. 결국 내 집

작대로 사업 여기저기 펑크가 나기 시작했어. 막상 이
리 망가지니 와이프가 카멜레온처럼 변하는 거야. 우
아하고 따뜻한 눈길은 사라지고 뱀눈처럼 싸늘하게 내
망해가는 꼴을 즐기듯이 바라보는 거야. 더 참을 수 없
는 것은 딸마저도 제 어미 품에 안겨 나를 징그러운 벌
레 보듯이 멀리 대하는 거야.

미장원 : 설마 그랬을라구요?

준형　: 그래, 아마 내 자의식 속에 피해망상이 차지해, 더 그
렇게 보였을 거야. 하루종일 채권자나 납품업자, 은행
대부계에 시달리다가, 마치 소금 절인 배추처럼 축 처
져 집에 들어가면 (갑자기 머리를 두 손으로 감싸며 울
부짖으며) 난, 난 단지 와이프와 딸에게 위로받고 싶었
을 뿐이었다구. 그런데 말이야, 날이 지날수록 와이프
와 딸이 채권자나 은행보다 점점 더 무서워지는 거야.
꿈속에서까지 나타나 나에게 손가락질하며, 당신은
무능력자야! 아빠는 거지가 되었어요? 라며 소리치는
거야. 아, 무서워, 너무 무서웠단 말이야.

준형이 흐느끼며 미장원을 와락 껴안는다. 미장원이 멈칫거리
다 준형의 머리를 쓰다듬는다. 조명이 서서히 꺼진다.

어둠 속에서 뱃고동 소리가 들린다. 무대가 밝아지면 수길과 준
형이 뼈다귀해장국 집 의자에 소주 한 병을 놓고 앉아 있다.

수길 : 해장국 국물이 잔치국수 국물보다 낫지? 어때?

준형 : 그걸 말이라고 하냐? 사실 국수만 계속 먹었더니 속이 엄청 쓰렸거든.

수길 : 술 때문이 아니고? 그리고 너 (미장원을 가리키며) 저 집 여자랑 연애한다고 이 골목에 소문났더라?

준형 : 연애는 무슨 얼어 죽을…. (머리를 긁적이며) 머리카락 한 번 공짜로 잘라 주고, 신세타령하다 나도 모르게 한 번 포옹한 걸 갖고 골목 여자들이 입방아 찧는 모양이다.

수길 : 내 보기에도 다르던데, 뭘 그래? (질투하며) 잘해봐라.

준형 : 싱겁기는? 이젠 내 주제꼴에 어떤 여자도 가당찮다.

수길 : 가진 돈이 다 떨어지는 모양이지?

준형 : 어? 뭐….

수길 : 그래, 여긴 말이야 어찌 보면 가식이 필요 없는 곳이지. 아주 원색적이야. 그냥 아무 제약 없이 자신이 하고 싶은 행동이나 말을 막 뱉는 곳이지. 한마디로 정글이야. 나도 이 골목에 처음 와서는 적응이 안 돼서 애 묵었다. 배를 오랫동안 타서인지, 아니면 집안 문제로 속 썩느라 눈을 바깥으로 돌리지 않아서인지 말이야. 그런데 넌 의외로 여기 골목 생활에 빨리 적응한다?

준형 : 글쎄, 너는 배를 탔다지만 고향에 쭉 살아서 체면이 앞선 탓이고, 난 객지에 오랫동안 살다, 그것도 완전히 망가져 낙향했기 때문에 체면이고 나발이고 전부 없어져서겠지.

수길 : 야, 너 이제 보니 아직도 먹물 냄새가 난다.

준형 : 시끄럽다. 난 요새 정말 편하게 산다. 몸 가는 대로 마음 가는 대로, 똥개처럼 이 골목 저 골목 기웃거리다 얻어맞기도 하고, (신이 나서 주먹을 앞으로 내지르며) 참, 어제는 이 주먹으로 어떤 머저리를 패기도 했다. 너도 알다시피 화초처럼 자란 나도 이젠 수틀리면 성질도 부릴 줄 알게 됐고, 깽판도 놓을 줄 안다고. 나, 인간이 많이 됐지? 바로 여기가 천국이 아닌가 싶다.

수길 : (어이없어하며) 천국 좋아하네. 여기는 정글이야. 넌 짐승이 됐고. 그건 그렇고. 이젠 수중에 몇 푼 남은 돈도 거덜 난 것 같은데? 앞으로도 그렇게 배짱 좋게 지낼 것 같냐?

준형 : (고개를 푹 숙여 끄덕이며 무언의 수긍을 하다 갑자기 소주병을 치켜들며) 난 이 소주 한 병이면 하루를 거뜬히 살 수 있다고. 돈! 그까짓 없으면 없는 대로, 있으면 있는 대로 사는 거지 뭐. (쳐든 소주를 한 모금 마신 후) 너, 오늘 무슨 바람이 불어 이렇게 해장국이며 해장술을 다 사주고 그러냐? 내가 그렇게 불쌍해 보였어?

수길 : 또 비비 꼰다 꽈. 너가 거짓이 아니라 진정으로 이 바닥 사람들과 부대끼며 살 생각이 있다면 일거릴 알아보려고 한다.

준형 : (반가워하며) 일? 일이라! (순간 다시 침울하며) 내가 일을 할 수 있을까? 내가 할 수 있는 일이 뭐가 있겠어? 아

니야 아니지. 난 내가 싫어. 난 나를 죽이고 싶어. 매일 쇠주와 국수로 연명하다 어느 날, 골목에서 쥐 죽듯이 그렇게 죽고 싶을 뿐이라고. 그런 내가 무슨 일을 해? 왜 하냐고?

수길 : (화를 내며) 아직 멀었구만. 주둥이는 살아서 나불거린다만 어디 배고픈 설움을 더 겪어봐라.

준형 : (불안해하며) 짜식, 화내기는? 무슨 일인지 한번 들어나 보자.

수길 : 몰라, 억만이한테 알아봐라.

억만이 나타난다

억만 : 야, 석사 친구 저 미장원에서 머리 자르고 나니 인물이 되살아났는데?

수길 : 겉만 뻰지르 하면, 뭐하냐? 속은 꽈배기처럼 배배 꼬인 게 아직 멀었더라.

억만 : 그 얘기 꺼내 봤어? 뭐라 그래?

준형 : 무슨 일인데? 너희 둘이 날 위해 무슨 공작을 벌이는 것 같은데, 들어는 봐야 알 것 아니냐?

억만 : 말통 장사.

준형 : 말통? (장난스럽게) 웬 말통?

수길 : 석유 말통 말이야. 지금 억만이가 하고 있는 가정용 석유 배달 사업이지.

준형 : (여전히 장난스럽게) 배달? 사업?

억만 : 사업 즉, 영업도 자네가 하고 배달도 직접 하는 거지.

준형 : (구미가 당기는 듯 바싹 다가서며) 밑천은? 난 달랑 불알 두 쪽뿐인데.

수길 : 너, 서울에서 무슨 사업 했는지 알 수 없지만, 이 사업 우습게 보다간 큰 코 다친다. 연탄 배달 집 아들인 억만이가 아버지 대를 이어 석유 말통 사업 한 지 20년 만에 드디어 항구사거리 주유소 사장님까지 곧 된다고.

억만 : (쑥스럽다는 듯이) 자자, 거창하게 말할 필요 없다. 밑천은 한 푼도 필요 없다. 그냥 말통을 들고 다닐 의지와 체력만 있으면 돼.

수길 : 그래, 고위 관직에 있었던 관료도 미국으로 이민 가면 식당에서 접시부터 닦는다더라. 너희 아버지가 예전에 교장을 지냈고, 과수원을 했고 또, 네가 석사 출신에다 거창한 사업을 했어도, 그건 과거지사가 아니냐. 묵직한 말통을 양손에 들고, 저 언덕배기로 하루에 열두 번 오르락내리락하다 보면, 실패한 사업도 잊고, 헤어진 마누라와 토끼 같은 딸애를 다시 만나리라는 희망이 생길 거야.

준형 : (결심하려는 듯 무대를 빙빙 돌다, 갑자기 격해지며 소리를 지른다) 야, 이 촌놈 새끼들아! 니들이 뭔데, 내 자존심을 이렇게 무지막지하게 건드냐구? 뭐? 나보고 말통을 들고 저 언덕배기에 오르내리라고? 내 화려했던 지난 시절이 과거지사일 뿐이라고? (무대에 주저앉으며 머

리를 쥐어짠다) 그래, 너 말 잘했다. 열심히 일하면서 흘리는 땀이 내 악몽을 잊게 해준다고? 헤어진 내 마누라와 딸이 돌아오리라는 희망이 생긴다고? 좋아, (억만에게 다가서며) 월급은 얼마 줄 거야?

억만 : 잊었어? 너가 말통으로 석유를 배달한 만큼 리터당 이문을 먹는 사업이라고. 난, 단지 예전부터 갖고 있던 말통이며 리야카 자전거 저유고를 권리금 안 받고 너에게 공짜로 빌려줄 뿐이야.

준형 : (진정이 된 듯한 말로) 공짜로?

수길 : 그래, 너는 지금까지 살아왔던 길이 아니라 나로 인해 전혀 다른 길로 걷게끔 인도만 할 뿐이라고.

억만 : 이 골목은 정글이야. 이젠 관광객 노릇 그만하고, 너가 잘 싸는 오줌을 여기저기 싸며 영역을 넓히란 말이다.

수길 : (석유 말통 두 개를 가지고 무대로 나오며) 자자, 구상은 그만하고 실습을 한번 해 보자고. 오줌싸개에다 주정뱅이 박준형이 골목시장 석유부판점을 맡게 됐다고 저기 구불구불한 골목을 다니며 인사부터 해야지. 참, 니 애인인 미장원부터 언질 줘야지? 짜식, 얼굴 벌게지기는? 그 여자, 돈도 좀 있는 알부자라고 소문났어. 사실, 내가 먼저 점찍었는데 네가 새출발한다고 하니 내가 양보하마. (하늘을 쳐다보며) 어, 눈이 오려고 하네. 가는 날이 장날이라고 눈 맞으며 저 언덕배기로 오르는 걸 한번 연습해 보자. (말통을 준형에게 건네며) 이 말통에 실제로 석유

가 들었다 생각하고, 팔에 힘 빼고 다리에는 힘주고, 허리는 앞으로 약간 숙이고 (실제 언덕을 오르듯이) 이렇게 하나, 둘, 자자, 해보라고.

준형이 수길을 따라 하다, 미끄러져 엉덩방아를 찧는다. 엉덩이를 툭툭 치며 일어나 말통을 들고 다시 골목길로 걷는다.

수길 : 어때? 생각보다는 쉽지 않지?
준형 : (정색하며) 내 궁금해 그런다. 주유차 호스로 급유하면 될 걸 왜 일일이 말통으로 날라야 돼?
수길 : (어처구니없게) 저, 저 한심한 작자 같으니라고.
억만 : (수길을 보고) 됐다. 이제야 준형이 본색이 나오니 좋잖아? 이 골목 상가나 저 언덕배기 집들은 그야말로 저 바다 덕으로 사는 사람들이다. 바다에서 고기가 잡혀야 삼시세끼를 먹고, 자식 공부시키고, 등 따시게 잘 수 있어. 근데, 몇 년간 겨울 고기인 명태가 잡혀야 하는데, 그게 영 말이 아닌 거야. 그러니, 옛날처럼 이웃 간에 하룻밤 땔 연탄 두 개 빌리듯이 석유를 조금씩 빌려 때고 있는 실정인 거야.
준형 : 하나 더 묻자. 그럼, 석유가 필요 없는 여름에는 석유부 판점은 파리만 날릴 게 아니야?
수길 : 저 친구, 꾀는 멀쩡하네.
억만 : (웃으며) 역시 사업 해본 사람은 틀리다니까. 글쎄, 내

곧 사거리주유소를 인수할 거니, 여름 한 철은 주유소에서 일하면 되겠네.

수길 : 그게 쪽팔리면, 목욕탕 때밀이 내가 양보할게. 나는 오징어 배를 다시 타고.

준형 : 뭐? 여름날의 목욕탕 때밀이? 나는 싫다, 여탕 때밀이라년 보를까. (모두 웃는다) 어쨌든 고맙다. 고향 불알친구인 너희들 덕에 내가 정말 오래간만에 희망을 다 가져 본다. 그야말로 내 희망이 말통이란 생각이 든다!

조명이 꺼진다.

작가의 말

평생 고향에서만 살아오다 보니, 어느덧 일흔 중반이 되었다. 2년 전 장편소설 『컨베이어벨트를 타고 온 장철수』를 내고 난 뒤로는 기운이 빠진 듯 글 쓰기에 소홀했다. 그러나 글을 쓰지 않자 삶의 숨결마저 옅어지는 듯한 공허함이 찾아왔다. 이를 벗어나기 위해 오전에는 텃밭에서 일하는 아내를 거들고, 점심 식사 후에는 도서관으로 향했다. 수많은 책 중 읽고 싶었던 소설을 뽑아 읽어도 내용은 머리에 들어오지 않고, 오히려 오래 묻어두었던 이야기들이 자꾸만 머릿속에서 되살아났다. 게다가, 나이가 더 들기 전에 '지금 나만이 쓸 수 있는 이야기'를 남겨야 한다는 절박함도 생겨났다.

십여 년 전, 나는 고향 곳곳으로 다니며 여러 지인과 어르신께 그들이 겪어낸 시간, 감춰온 상처, 말하지 못한 이야기들을 귀찮을 정도로 캐묻던 적이 있었다. 그분들은 오래 묵힌 세월을 조심스레 꺼내어 내게 들려주었다. 나는 그 이야기를 대부분 구술사 형식으로 정리해 세상에 내놓았지만, 몇몇은 차마 글로 옮기지 못하고 지금껏 나 혼자만의 비밀로 묻어두었다. 도서관에서 나는 독서를 멈추고, 오래 감춰 두었던 그 이야기들을 소설 형식으로 다시 끄집어내 보기로 했다. 나이 탓인지 생각처럼 문장이 자연스레 이어지지 않을 때도 많았지만, 할 수 있는 만큼 최선을 다했다. 여덟 작품 중 희곡 「희망이 말통이네」는 스무 해 전, 내가 직접 중앙시장 골목에서 보고 들었던 이야기를 바탕으로 했다.

「고사리」의 배경은 지금의 강원대학교 삼척캠퍼스 북쪽 '고사리재'이다. 1950년대 공업고등학교 시절, 북평읍에서 고사리재를 넘어 걸어서 등교하던 한 학생의 추억과 첫사랑을 담았다. 「종묘사 앞 BMW」는 60대 가장이 고향살이를 이어가면서 겪는 부부 갈등이다. 「달맞이꽃」은 국민학교 시절 두 동생을 돌림병으로 잃었던 아픈 기억을 되짚는다. 「칠순 잔치」는 칠순을 맞아 잔치를 벌이는 세 남자의 각각 다른 사연과 아픈 이야기이다. 「동짓달 스무닷새」는 세 해 전 스스로 죽을 날을 예감했던 어느 할머니 집안의 이야기를 담았다. 「벌초」는 고향 사람이라면 누구나 겪는 그 고단한 풍경을, 표제작 「어달리 블루스」는 1·4후퇴 때 피난 온 두 자매가 겪어야 했던 슬픔을 그렸다.

 이 작품집은 내가 고향에 살며 정성과 애착으로 버무린 고향의 기록이다. 오래전 실제로 일어난 사건과 사연이지만, 세월 속에 반쯤 지워진 줄 알았던 기억들을 다시 하나둘 되살려 보았다. 그 사연들을 꺼내어 글로 엮어가는 동안 여러 생각이 스쳐 지나갔고, 그때마다 건네받은 누군가의 도움은 큰 힘이 되었음을 감사드린다. 그리고 언제나 그렇듯 교정과 편집에 정성을 다해준 도서출판 청옥의 김희남 대표께 다시 한번 깊이 감사드린다.

2025년 12월

홍 구 보

잊힌 시간의 기록자가 노래하는 삶의 블루스

홍구보 소설집 『어달리 블루스』는 실재했던 지역의 기억과 인간 존재의 심리적 진실이 문학적으로 만나는 지점에서 완성된 작품집이다. 작가는 태생적 고향인 동해를 떠나지 않고 평생을 그곳에서 살아온 사람으로서, 지역의 삶을 단순한 정서적 회고가 아닌 현장성 깊은 서사로 정교하게 구축한다. 이는 추억의 서정에 그치지 않고, 구술사적 기록성과 문학적 장치가 결합된 독특한 서사 방식을 통해 작품의 깊이를 확보한다.

표제작 「어달리 블루스」는 식당에서 퇴근한 주인공이 어두운 바다를 지나며 무심히 흥얼거린 노래 한 구절로부터 서사가 열린다.

"오늘도 걷는다마는 정처 없는 이 발길 / 지나온 자국마다 눈물 고였다."

이 인용은 작품 전체의 정조를 결정짓는 시발점이 된다. 방황하는 중년의 발걸음은 곧 피난과 가족 상실을 겪은 과거의 세대

와 겹쳐지며, 시간을 가로지르는 '정서적 공동체'를 형성한다. 노래는 기억을 불러오는 장치이며, 바다는 그 기억들이 되살아나는 공간이 된다. 바닷바람이 취기를 걷어내는 장면에서—

"캄캄한 집에 가봐야 반겨주는 사람 하나 없잖아!"

라는 독백은, 고독이 일상의 습관으로 자리한 인물의 삶을 날것 그대로 드러낸다.

특히 작가는 삶의 고단함을 과장하지 않음으로써 오히려 독자에게 더 깊은 여운을 남기는 전략을 구사한다. 인물의 감정을 직접적으로 드러내기보다는, 막걸리 한 잔, 밤바다의 짠내, 골목의 어둠, 오래된 노래 한 구절 같은 주변적 요소를 통해 감정을 환기시키는 방식이 주로 사용된다. 예컨대 황 사장과의 첫 만남도 감정적 설명보다 섬세한 묘사를 통해 자연스럽게 드러난다.

"문 앞에 쭈그려 앉아 듣는데, 갑자기 문이 확 열리는 거야… 백년설 가수와 흡사한 사람이 히죽 웃으며 나를 내려보는 거야."

이 서술 전환은 신비성과 현실성이 절묘하게 교차되며, 독자가 "삶과 기억 사이의 경계"로 자연스럽게 빨려 들어가도록 구조화된다. 이후 회상 장면에서 드러나는 1·4후퇴 피난민으로서의 삶, 이주와 상실의 서사, 그리고 '어달리'라는 공간의 역사적 의미는 작품의 정체성을 형성하는 핵심 동력으로 작용한다.

작가는 기억이 단순한 과거 회상이 아니라 현재를 지속적으로 구성하는 정서적 힘임을 강조한다. 『작가의 말』에서—

"세월 속에 반쯤 지워진 줄 알았던 기억들을 다시 하나둘 되살려 보았다."

라고 밝히듯, 이 소설집은 "되살아난 기억의 문학"이다. 과거는 단지 존재했을 뿐 아니라, 지금도 살아 있는 감정이며, 독자의 삶과도 연결될 수 있는 의미로 변환된다.

또한 작품은 예술, 특히 음악이 기억과 정서를 매개하는 방식을 탁월하게 활용한다. 어머니가 휴전선을 바라보며 부른 노래 구절—

"황혼이 찾아들면 고향도 그리워져 / 눈물로 꿈을 불러 찾아도 보네 ~"

는 작품 전체의 절정이자, "블루스"라는 단어가 품은 감정의 본질을 가장 정확히 표현하는 장면이다. 이 노래는 한 사람의 인생을 넘어, 전쟁과 실향, 가족 분단과 상실의 대를 잇는 정서를 상징한다.

블루스가 본래 미국 흑인 노동자들이 절망과 슬픔을 노래로 견뎌내기 위해 탄생시킨 음악이듯, 이 작품에서도 노래는 단순한 향수의 표현이 아니라 현실을 견디는 방식으로 작동한다. 인물들이 노래를 흥얼거리는 순간은 감정을 외면하는 시간이 아니라, 오히려 슬픔을 마주하면서도 무너지지 않기 위해 감정을 틀어 조율하는 순간이다. 홍구보의 인물들은 울음을 터뜨리기보다는 흥얼거리고, 이야기를 늘어놓기보다는 짧은 노랫말을 통해 자신의 깊은 곳에 머물러 있던 감정을 불러낸다. 그렇기에 작품 전체를 관통하는 정서는 단순한 우울이 아니라 "삶을 견디게 하는 슬픔의 리듬", 즉 문학적 블루스이다.

다른 단편들에서도 이러한 정조는 이어진다. 「고사리」는 학창 시절 산길을 넘어 학교에 다니던 기억에서 시작되지만, 그것은 단순한 성장의 서사가 아니라 그 시대 젊은이들이 짊어져야 했던 가난의 구조적 현실을 드러낸다. 작가는 그 길을 넘었던 소년이 시간이 흘러 어른이 되었을 때 비로소 그 무게를 이해하게 된다고 말한다. 「종묘사 앞 BMW」에서는 중년 부부의 갈등이 다루어지는데, 갈등의 표면 아래에는 애정과 후회, 그리고 포기되지 않은 내면의 양가적 감정이 놓여 있다. 직접적인 말싸움이나 극적인 사건 없이도 관계의 균열이 서서히 심화되는 과정이 섬세하게 그려진다.

「달맞이꽃」은 어린 시절 가족을 잃은 상실의 기억이 중심이 된다. 그 기억은 시간이 흘러도 사라지지 않고, 오히려 존재의 깊은 곳에서 조용히 영향을 미치는 감정으로 남는다. 「칠순잔치」는 노년의 외로움을 통해 삶이 나이와 상관없이 계속해서 의미를 찾아야 하는 과정임을 보여주며, 인간이 스스로를 증명하려는 마지막

시도 같은 장면을 담는다. 이 작품을 통해 작가는 나이 듦이 곧 삶의 정리라기보다 또 다른 시작일 수 있다는 가능성을 조심스럽게 제시한다.

「동짓달 스무닷새」는 해가 가장 짧은 한겨울의 시간처럼, 삶의 끝이 다가오는 순간을 과장 없이 담담히 마주하는 모습을 그린 작품이다. 격한 감정 표현 대신 일상의 작은 동작과 절제된 태도를 통해 죽음을 삶의 일부로 받아들이는 인간의 존엄을 보여주며, 오히려 조용한 울림이 깊게 남는다.

「벌초」는 죽은 자와 산 자 사이의 관계를 탐색하는 작품으로, 누구나 겪지만 드물게 기록되는 장면을 문학적 깊이로 끌어올린다. 묘역을 정리하는 행위는 단순한 의례가 아니라 남은 이들이 자신을 돌아보고 과거와 화해하는 과정이다. 작가는 풀을 베고 흙을 다듬는 조용한 손길 속에서 인간이 시간과 화해하려는 의지를 포착한다.

흥미로운 구성의 「희망이 말통이네」는 희곡 형식을 취하며 삶의 희극성과 비극성을 동시에 드러낸다. 등장 인물 '준형이'는 현실의 무력함과 희망의 미약함을 동시에 상징하며, 오히려 그 희망이 작아서 더 진실하다는 메시지를 전달한다. 극적 형식을 활용한 실험은 작가의 서사 능력이 단지 재현적 사실주의에만 머무르지 않음을 보여준다. 그는 형식적 시도를 통해 삶의 단면을 다른 각도에서 해석하려는 문학적 태도를 드러낸다.

  홍구보의 문체는 전체적으로 절제되어 있으면서도 묵직하다. 그는 감정을 직접적으로 표현하기보다 기억과 풍경, 혹은 사물의 움직임 속에 담아 독자 스스로의 체험과 연결하도록 유도한다. 이러한 방식은 과장 없는 진실을 전달하는 동시에, 문학적 여백 속에서 감정이 더 크게 울리도록 만든다. 특히 지역의 풍경을 세밀하게 묘사하면서도 그것이 단순한 공간적 배경이 아니라 인물의 마음과 내면의 시간 흐름을 동시에 보여주도록 구성한 것이 인상적이다.

  소설집 『어달리 블루스』는 지역문학의 범주에서 시작되지만 그 경계를 넘어서며 보편적 인간의 서사로 확장된다. 고향, 실향, 가족, 노동, 상실, 회복력 등은 지역의 특정 상황에서 출발했으나, 결국 모든 독자의 삶과 공명하는 이야기로 도달한다. 이 작품집은 화려하지 않지만 깊고 조용한 감동을 남기며, 한 번 읽고 지나칠 수 없는 여운을 남긴다. 마치 오랫동안 흘러온 노랫말이 어느 순간 마음속 깊은 곳에서 다시 울리는 것처럼, 이 책의 문장들도 시간이 지난 뒤 다시 떠오르게 될 것이다. 그것이 바로 홍구보 문학이 지닌 힘이며, 블루스의 본질이기도 하다.

2025. 11. 30.

서이연 (문학평론가)